सांझी सांझी

खंड-२

जे वी मनीषा

AF436349

Copyright © JV Manisha 2022
All Rights Reserved.

ISBN 979-8-88555-937-9

This book has been published with all efforts taken to make the material error-free after the consent of the author. However, the author and the publisher do not assume and hereby disclaim any liability to any party for any loss, damage, or disruption caused by errors or omissions, whether such errors or omissions result from negligence, accident, or any other cause.

While every effort has been made to avoid any mistake or omission, this publication is being sold on the condition and understanding that neither the author nor the publishers or printers would be liable in any manner to any person by reason of any mistake or omission in this publication or for any action taken or omitted to be taken or advice rendered or accepted on the basis of this work. For any defect in printing or binding the publishers will be liable only to replace the defective copy by another copy of this work then available.

माँ (डा०) श्रीमती गीता वर्मा

व

पिता श्री जनार्दन प्रसाद वर्मा

को समर्पित

बिना शब्द बातें है करती चमत्कृत
हो दूरी भले पर नहीं है अविस्मृत
बांधे सभी को ये रिश्तों की डोरी
जो संबंध समझे वही है पुरस्कृत॥

– जे वी मनीषा

क्रमांक

अखिलेन्द्र मिश्र की कलम से

"सांझी सांझ" की लेखिका जे वी मनीषा एक फिल्मकार हैं, कवियित्री हैं, समाज सेवी हैं। बारह कहानियों के संकलन "सांझी सांझ" बुजुर्गों के जीवन में झांकती है, उनके मन की बातें कहतीं हैं।

"सांझी सांझ" के इस संकलन में मैंने पाया कि प्रत्येक कहानी बड़े बुजुर्गों के मनोभाव को व्यक्त करती है। अब एक कहानी है 'सीख' इस कहानी में ट्राफ़िक जाम

में फँसे एक वृद्ध अनायास ही अपने मनोभाव व्यक्त करते हैं और देश की सीमा पर जा कर तैनात होने की बात करते हैं। वह कहते हैं कि और कुछ नहीं तो कम से कम दुश्मन की एक गोली तो बरबाद होगी। देश प्रेम की भावना वृद्धावस्था में भी उमड़ रही है।

एक कहानी है 'कुकर की सीटी'। पति पत्नि के बीच के संबंध की प्रगाढ़ता के मनोभाव में जो प्रकटीकरण है, जो पति को अपनी पत्नि के प्रति 'कुकर की सीटी' बजने पर छलकता है, उसका अहसास होता है।

'ओला और उबर' में कुछ ऐसा ही है कि जब बुढ़ापे में माता पिता अपनी परंपरागत घर को छोड़ कर अपने बच्चों के साथ कहीं और नहीं जाना चाहते। न जाने की जिद् करते हैं। वहीं जब माता पिता को बच्चों की परेशानियों का अहसास होता है और सिक्के का दूसरा पहलू समझ आता है तो वे भी अपनी जिद् छोड़ कर अपने बच्चों के पास जाने को तैयार हो जाते हैं। संबंध ऐसे ही जिए जाते हैं। दोनों ओर से एक एक कदम बढ़े, आपसी समझदारी और एक दूसरे के हालात समझने का प्रयास हो तो शायद किसी भी संबंध में कड़वाहट का जन्म ही न हो।

जे वी मनीषा जी ने अपनी प्रत्येक कहानी में मानवीय संवेदनाओं को बहुत गहराई से व्यक्त किया है। जीवन भर के अनुभव के साथ वृद्धावस्था चैतन्य होती है, तभी तो हमारे समाज में बड़े बुजुर्गों को सम्मान देने की, आदर से बात करने की प्रथा है। प्रत्येक कहानी में वृद्धावस्था का सौन्दर्य मिलता है, जिस सौन्दर्य के साथ हमारे समाज के बड़े बुजुर्ग जीवन को चित्रित करते हैं।

आंखों में आंसू आना, मन का अहलादित होना एक अलग ही आनंद है जो इन कहानियों में मिलता है। मुझे "सांझी सांझ" के दूसरे संस्करण की प्रतीक्षा है।

जे वी मनीषा जी को बहुत बहुत शुभकामनाएं।

आपकी कलम की धार ऐसे ही बनी रहे।

अखिलेन्द्र मिश्र
अभिनेता व साहित्यकार
रंगमंच, टेलिविजन, सिनेमा

प्रस्तावना

प्रिय पाठकों

'सांझी सांझ' का पहला खंड आप तक पहुंचा और पाठकों ने इसे स्नेह से पढ़ा। एक वर्ग विशेष से जुड़ी कहानियों को लोग इतने प्रेम से पढ़ेंगे मैंने सोचा न था। मीठी सी कुछ प्रतिक्रियाएं सुनने को मिलीं। शायद इसलिए क्योंकि ये हर घर की बात थी। कहीं न कहीं, कोई न कोई अपने आप को इन कहानियों से जोड़ पाया। ये मेरे लिए सुकून की बात थी कि मैं वो कह पाई जो मैं अपने आस पास देख रही थी। क्योंकि ये वहीं कहानियां थीं जो आपके घर में, सामने की बिल्डिंग में, गली के मुहाने पर, नुक्कड़ वाले मकान में और मेरे आसपास घट रही थीं।

कितनी ही घटनाएं छिपी हैं सफेद हुई बरौनियों के नीचे झीनी झिल्ली से ढकी आखों में, माथे पर गहराई लकीरों में, अस्फुट आवाज में और विचलित सी चाल

में। जीवन की अन्य अवस्थाओं की तरह वृद्धावस्था भी शाश्वत सत्य है। शारीरिक रूप से सबलता की कमी को महसूस करती ये अवस्था होती तो शिशु के समान ही है पर पूरी तरह अलग। बाल्यावस्था अपने बालसुलभ आकर्षण से प्यार और देखभाल सहज ही पा लेती है। जबकि वृद्धावस्था में वह आकर्षण कम हो जाता है। सत्य यही है कि जीवन में देखभाल की सर्वाधिक आवश्यकता या तो बचपन में होती है या फिर वृद्धावस्था में।

सांझी सांझ की कहानियों में एक उम्र का अहसास है, समय के कदमों की आहट का आभास है। जो जीवन के सत्य से पुनः परिचित करवाती हैं। बच्चों और युवाओं को इस बात का अहसास दिलाती हैं कि वर्तमान चाहे कितना भी व्यस्त हो, भविष्य के गर्भ में प्रतिक्षा करती वृद्धावस्था समय और सौहार्द की अपेक्षा करती है। साथ ही वृद्ध जनों को इस बात का अहसास दिलाती हैं कि इच्छा शक्ति कभी कम नहीं होनी चाहिए। वक्त के साथ दौड़ने की आवश्यकता नहीं पर साथ चलने का प्रयास तो करना चाहिए। संतान हमेशा गलत नहीं होती हैं कभी कभी परिस्थिति प्रतिकूल हो जाती है और ऐसा

लगता है कि संतान माता पिता के प्रति अपने कर्तव्यों का निर्वहन नहीं कर पा रहीं। कभी कभी दूसरों के पांवों का जूता नया तो दिखाई देता है पर वो पहनने वाले को कितना काट रहा है देखने वाले को पता नहीं चलता। शायद यही वजह है किसी को रास्ता सुझाने से बेहतर है कि रास्तों की असलियत उजागर कर दी जाए। जिससे चलने वाला अपने विवेक और परिस्थिति के अनुसार रास्ते के कंकड़ों, फूलों और काँटों को देख सके।

मैं ये भी नहीं मानती की सब परिस्थितियों में जकड़े ही होते हैं। लोगों तक जीवन की सत्यता को यथावत पहुंचाना भी 'सांझी सांझ' के लक्ष्यों में से एक है।

युवावस्था और वृद्धावस्था दोनों ही पक्षों के बीच के भावनात्मक संबंधों को उजागर करते हुए सांझी सांझ के इस भाग-2 की कहानियों को संजोया गया है।

मैं अपने बारे में कहूं तो सिर्फ यही कह सकती हूं कि आज मैं जो भी कुछ कर पा रही हूं उसकी जमीन मेरे माता पिता (डा॰ श्रीमती गीता वर्मा और श्री जनार्दन प्रसाद वर्मा) ने तैयार की थी और मेरे स्वपनों को मेरे

सचहर (श्री देवेंद्र कुमार बजाज) ने अपने सहयोग से सींचा है। ये मेरे परिवार के बड़ों का आशीर्वाद है कि मैं अपनी पांचवी पुस्तक आप तक पहुंचा पा रही हूं। मैं अपने श्वसुर श्री तिलक राज बजाज व सासु माँ श्रीमती शान्ति बजाज को भी अंतस से प्रणाम प्रेषित करूँगी जिन्होंने जीवन के हर कदम पर मेरा हौसला बढ़ाया।

मेरी इन सभी पुस्तकों की प्राप्त हुआ अर्थ शत प्रतिशत **हरिकृत*** संस्था को आर्थिक संबल देगा। आपके द्वारा सांझा किया गया सहयोग किसी ज़रूरतमंद के दुख को सांझा करने की ताकत देगा।

आपके आशीष की अभिलाषी और त्रुटियों के लिए क्षमा प्रार्थी,

जे वी मनीषा

---

*   *हरिकृत 2003 से बुजुर्गों की सेवा में चलाई जा रही है स्वयं सेवी संस्था है जिसका उद्देश्य आपसी समन्वय और समझदारी से पीढियों को बीच सामन्जस्य बैठाना। कालचक्र को समझते हुए आज उस उम्र का सम्मान करना जो आने वाले समय में सभी का भविष्य है।*

बहुत खुश हैं तुम्हारी उड़ान देख कर
पर तुमसे दूरी खल जाती है अक्सर।

तसल्ली

करौंदे के खट्टे अचार की भरी शीशी डायनिंग टेबल पर रखते हुए माया को कितनी ही बातें याद आ गईं। साथ बैठ कर खाना और साथ-साथ खाने की मेज से उठना तब जितना अच्छा लगता था, अब अकेले रह गए दो लोगों को उतना ही तकलीफदेह लगता है। समरथ और बच्चों के साथ हर दिन दो बार और छुट्टी वाले दिन तीन बार इस डाइनिंग टेबल ने पूरे परिवार को एक साथ बैठकर खाते-पीते, हंसी मज़ाक करते, अहम मुद्दों पर बहस कर के नाराज होते और फिर मान जाते देखा है। अब बच्चों के बड़े हो जाने के बाद बस दो ही कुर्सियों पर धूल को बैठने का मौका नहीं मिलता। पर इस दीवाली सरगम और आरोह दोनो आ रहे है। सरगम की गुडिया भी साथ आ रही है। रात के खाने में सबकी मनपसंद चीजों के अलावा माया ने ढेर सारी मठरी, गुलगुले, लड्डू और नमकपारे बना कर रखे थे।

नानी! सरगम की ढाई साल की नन्हीं चिड़िया ने घर
में घुसते ही नानी की गोद में चढने के लिए दौड़ लगा
दी। घर गुलज़ार हो गया। शाम ढलते ढलते आरोह भी
पहुंच गया था।

मठरी और नमकपारे तेरे, लड्डू और गुलगुले मेरे...
आरोह और सरगम की तू तू मैं मैं माया को फिर पुराने
दिनों में लौटा ले गई।

मम्मा देखो... आरोह फिर मुझे गुलगुले खाने नहीं दे
रहा। सरगम किचन से बाहर निकलती हुई चिल्लाई।
चिड़िया हैरानी से अपनी मां को चिल्लाते देखने लगी।

मैं अपने गुलगुले पापा से भी तो शेयर करूंगा। तेरी
मठरी और नमकपारे तो पापा खाएगें नहीं। आरोह भी
उसी सुर में चिल्ला कर बोला।

पापा मठरी और नमकपारे नहीं खा पा रहे तो तू मेरे
लड्डू और गुलगुले साफ कर जाएगा। सरगम आरोह
के पीछे भागी तो आरोह बंदरों सा सोफे पर से कूदता
हुआ ड्रॉइंगरूम से पार हो गया। पीछे पीछे सरगम भी
उसी तरह कूद रही थी। चिड़िया के लिए ये एक नई
मम्मा थी।

अब बड़े हो जाओ तुम दोनो... सरगम! मां बन बैठी हो और हरकतें देखो अपनी... माया ने मेज पर नमकपारे की प्लेट रखते हुए मुस्कुरा कर देखा। चिड़िया क्या सीखेगी तुमसे...

समरथ डायनिंग टेबल की कोने वाली कुर्सी पर बैठे दोनों बच्चों का बचपना देख रहे थे। शाम की चाय खत्म हो गई पर डायनिंग टेबल पर सभी जमे रहे। कितनी ही पुरानी बातें याद हो आईं। सच है... सच्चा सुख परिवार का सुख है। नन्हीं चिड़िया सबकी गोद में हुमकती रही। आज तो समरथ भूल ही गए थे कि घर में टी वी भी है और न्यूज़ सुने बिना उनका खाना हजम नहीं होता।

तेरे पापा तो आज सब कुछ भूल गए हैं... माया ने समरथ को ताना मारते हुए सरगम से कहा। मुझे ही क्यों कह रही हो... तुम्हें भी अपनी दवाई याद है क्या... समरथ ने माया को उनकी दवा याद दिलाते हुए नहले पर दहला जड़ दिया।

मम्मा! ऐसा मत कीजिए... आपको दवा कभी नहीं भूलनी चाहिए। आरोह ने प्यार भरी नाराजगी जताई।

ये भी तो ताना मारने में पीछे नहीं हटेगें... मैं काम में लगी थी तो ये दवा याद भी तो दिला सकते थे।

तुम काम में लगी थीं तो मैं भी कहां खाली था। तबसे चिडिया को कौन संभाल रहा है। समरथ ने पलट कर जवाब दिया। बस! अब आप दोनों झगड़ने मत लग जाना... सरगम तुरंत ही बीच बचाव करने आ गई।

तेरे पापा मेरा काम बढ़ाने में उस्ताद है। मैं खाना खाने के बाद, किचन तक समेट कर वापस आ कर, सामने बैठ भी जाउंगी, और ये टीवी देखने में मशगूल, अपने बचे खूचे दांतों से धीरे धीरे घंटों तक खाना खाते रहेंगे।

मौका मिलना चाहिए तेरी मम्मा को... मेरी बुराई करने का... समरथ भी इस सुखद नोक झोंक का आनंद ले रहे थे।

रात के खाने के समय समरथ जैसे माया का वो रूप देख रहे थे जब सरगम दो साल की थी। ऐसे बैठो और फिर इस छोटे टावल को खोल कर अपनी गोद में इस तरह बिछाओ... आप खाना फिनिश कर के उठ मत जाना... जैसे हमेशा खाना खत्म कर के भागते हो...... जब सब खाना फिनिश कर के उठें तभी उठना।

डाइनिंग टेबल पर ख़ुशियों भरे खिलखिलाते पल आंखों में समेट लेना चाहते थे समरथ। काश ये पल कभी खत्म न होते। वैसे ही धीरे खाना खाने वाले समरथ आज और भी धीरे-धीरे खा रहे थे और बच्चों को देख कर आनंदित ज्यादा हो रहे थे।

दीवाली के बाद भाई दूज और फिर रविवार... अच्छी छुटिटयां पड़ गई थी। रविवार को दोपहर बाद बच्चों ने जाने का प्लान बनाया था।

हर गुजरते पल के साथ माया और समरथ को बच्चों के साथ होने की ख़ुशी पर बच्चों के फिर वापस चले जाने का गम कहीं चुभता सा महसूस हो रहा था। पर क्या कर सकते थे, खूबसूरत समय का बीतना पता चलता है कभी। सो ये पल भी सरक ही गए।

दोपहर को खाने की मेज पर रोज की तरह ही मस्ती का दौर चल रहा था। सरगम ने आरोह की पसंद के कोफ्ते बनाए थे और माया ने सरगम के पसंद की कढी बनाई थी।

और लो ना... माया इसरार कर के बच्चों को खिला रही थीं।

बस मां... रास्ता लंबा है... कितना खिलाओगी। आरोह बोला।

मेरी तो जीन्स कस जाएगी मम्मा... सरगम ने अपनी प्लेट के उपर हाथ रखते हुए कहा। समरथ एक बार फिर खा कम रहे थे बच्चों के साथ बीतते इन पलों में उलझे हुए अधिक थे।

मैने भी खाना फिनिश कर लिया मॉम... चिडिया बोली।

अरे वाह! मेरी चिड़िया फर्स्ट हो गई।

बस बड़े पापा लह गए... उनका खाना फिनिश नहीं हुआ। चिडिया बोली।

तेरे बड़े पापा तो हमेशा ही टाइम लगाते है। माया भला कहां चूकने वाली थी।

अरे जब हमारी शादी हुई थी तब तो 'हम-तुम' वाली रानी मुखर्जी की तरह कहा करती थीं कि आप जल्दी में क्यों खाते हो... और अब... समरथ भी चुप थोड़ी रह सकते थे।

देखा खुद को 'सैफ' कह रहे हैं... माया बोली

अरे! तुम्हें भी तो रानी मुखर्जी कह रहा हूं... पापा ने चुटकी ली।

पापा! आप डेन्चर लगवा लो ना... आरोह ने पापा से की बात को बीच में रोकते हुए कहा।

फिर आप जल्दी खा सकेंगे... सरगम ने भाई की हां में हां मिलाई।

ये नहीं सुनते किसी की भी...माया ने डोंगें के ढक्कन में से सर्विंग स्पून निकालते हुए कहा।

डेन्चर तो मैं बिलकुल नहीं लगवाउंगा...

क्यों पापा... क्यों नहीं लगवाएगे डेन्चर...? आरोह ने पूछा

आपको आराम हो जाएगा पापा... फिर आप ठीक से खाना खा सकेंगे और जल्दी भी... सरगम मोबाइल फोन में टाइम देखते हुए बोली

मैं जल्दी खाना खा लुंगा तो तुम सब जल्दी चले भी तो जाओगे...

छन्न.......माया के हाथ से सर्विंग स्पून छूट कर नीचे गिरा और उसकी आवाज़ घर में अचानक से बिखर गई चुप्पी में गूंज कर रह गई।

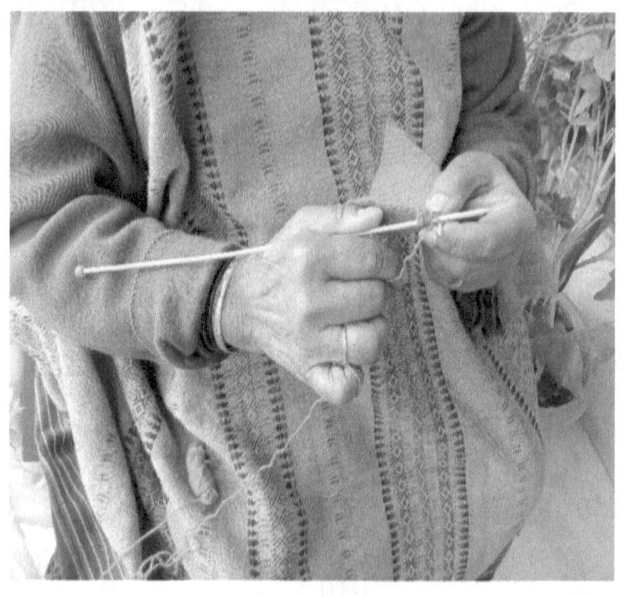

कड़वे सच मान लेने की हिम्मत मन कहां देता है
किसी का साथ जिन्दगी भर यौवन कहां देता है॥

स्वेटर

स्वेटर, शाल, कोट, मोज़े, मफलर सभी गर्म कपड़े पिछले महीने ही अलमारियों, बक्सों और बेड के बॉक्स से निकल कर धूप में अपनी छः महीने पुरानी नैप्थलीन की महक से निजाद पाने की कवायद पूरी कर चुके थे। सर्दियां इस बार जल्दी जो चली आई थी। एक तो कॉरोना महामारी और उपर से प्रदूषण का क़हर। पिछले दस महीनों की कैद ने जीवन अस्त व्यस्त कर दिया था। सच कहा जाए तो मार्च से पहले किसी के पास समय ही नहीं था और मार्च के बाद सिर्फ समय ही समय था। ये बात और है कि अब काफी हद तक गाड़ी पटरी पर लौट चुकी है मगर जो नुकसान गाड़ी के पटरी पर से उतर जाने से हुआ उसकी भरपाई नामुमकिन थी।

धीरा अभी दो साल पहले ही रिटायर हुई थी। जीवन की सारी गतिविधियां अचानक से बंद हो गई। कामकाजी महिलाओं की अक्सर आस पड़ोस में ज्यादा घनिष्ठता

नहीं हो पाती। ज्यादा समय ऑफिस के लोंगों के साथ ही बीतता है। धीरा रिटायरमेंट के बाद बिलकुल अकेला और ख़ाली महसूस करने लगी थी।

कहते हैं न आवश्यकता आविष्कार की जननी है। हम सब जरूरत के अनुसार खुद को ढाल ही लेते है। आज पूरा विश्व इस महामारी के साथ जीना सीख गया था। बच्चों की ऑनलाइन पढाई शुरू हो चुकी थी, बेटा अनु और बहू सोना घर से ही काम करने लगे थे। अगर कुछ नहीं बदला था तो वो थी मनोहर जी और उनकी पत्नी धीरा की स्थिति। सोना अब भी दोनो को घर से निकलने नहीं देती थी।

रोज़ की तरह आज भी बच्चे अपने-अपने कमरों में स्कूल की आनलाइन क्लासेज में लगे थे। अनु और सोना भी ऑफिस के कामों में व्यस्त थे और मनोहर और धीरा छत पर धूप सेक रहे थे। अचानक अखबार पढते हुए मनोहर की नज़र धीरा पर पड़ी जो गुलाब के पौधों की गुड़ाई करते करते किसी सोच में डूबी दिखाई दी।

क्या सोच रही हो...?

हूं... धीरा कहीं दूर से वापस लौटी...

क्या सोच रही हो...? मनोहर की आवाज में कुछ ज़ोर ज्यादा था अबकी बार।

ये गुलाब मेरे आफिस के माली ने दिया था, धीरा ने एक लंबी सांस ली और छोड़ दी।

अच्छा! मनोहर ने गुलाब के पौधे को कुछ गौर से देखते हुए कहा।

वहां इसमें बहुत गुलाब लगते थे। पर यहां इस गमले में एक या दो से ज्यादा खिलते ही नहीं।

क्या बात करती हो तुम भी? वहां जमीन में लगा होगा इसका पौधा और दिन रात माली देखभाल करते होंगे...

देखभाल तो मैं भी करती ही हूं... धीरा की आवाज में घुली मायूसी मनोहर को चुभ गई। आज कल समझने समझाने से अच्छा है कि बात को नया मोड़ दे डालो।

सुनो तुमने अनु के पैदा होने के बाद मेरे लिए एक कंगूरे वाला स्वेटर बनाया था। हाथ का अखबार साइड में रखते हुए मनोहर धीरा से बोले।

हां... धीरा दूसरे गमले की गुड़ाई करते हुए बोली।

कहां है वो स्वेटर...?

फट गया... कब का...

फट गया! पर वो तो मुझे बहुत पसंद था... याद है पुराना होने के बाद भी मैं उसे घर में पहना करता था।

कितनी पुरानी बात हो गई... धीरा जैसे फिर कहीं दूर पहुंच गई। अनु कितने साल का हो गया? धीरा ने अचानक मनोहर से पूछा...

मतलब...

मतलब... 41 का या 42 का

अभी तो पिछले महीने तो तुमने उसकी शादी की सालगिरह मनाई है...

हां हां... पर तुम स्वेटर के बारे में क्यों पूछ रहे थे। धीरा ने अनु की उम्र की बात वहीं की वहीं खत्म कर दी... गमले छोड़ कर मनोहर के पास आ कर बैठ गई।

अरे वो उसका डिजाइन मुझे बहुत पसंद था... मनोहर ने पास रखा छोटा सा मूढ़ा धीरा के पांवों की तरफ बढाते हुए कहा। पर अब तो तुम स्वेटर बुनती ही नहीं...

धीरा ने मूढ़े पर अपने दोनो पांव टिका दिये। डायबिटीज़ की वजह से उसके पांव अक्सर हल्के सूजे रहते हैं। फिर आज कल उसकी सुबह शाम की वॉक भी बंद है। घर में कोई कितना चल सकता है।

अरे! तो स्वेटर बुनना थोड़े न भूल गई हूं। धीरा की कार्य क्षमता पर मनोहर कैसे आधात कर सकते थे भला।

नहीं पर...

नहीं क्या... धीरा अपने बनाए बरसों पुराने डिजाइन की तारीफ सुन कर काफी उत्साहित थीं।

पर अब तुमसे कहां होगा... ऊन सलाई ले कर बैठना...

अरे... क्या बात करते हो तुम भी... मेरे बनाए स्वेटर के डिजाइन तो ऑफिस में सब देखा करते थे।

तुम्हें याद है न किस स्वेटर की बात कर रहा हूं...

हां... वो प्याजी रंग वाला ना...

नहीं मैं नीले वाले की बात कर रहा हूं... नीला......

वो जो मिन्नु बुआ के बेटे की शादी के समय बनाया था... मनोहर ने याद दिलाने की कोशिश की।

फिर तो वो तुमने शादी की फोटो में पहना हुआ होगा ना...

हां पर वो... फोटो... मनोहर खुद सोच में पड़ गए

अरे अलबम में लगा होगा... पक्का... मैं अभी लाती हूं अलबम

तुम बैठो मैं ले कर आता हूं...मनोहर अपनी इजी चेयर पर से उठते हुए बोले।

दोपहर के खाने के बाद की शाम छत पर दोनों ने एलबम देखते बिता दी। अतीत के झरोखों से एक बार अपना बीता कल जी आए।

शाम की चाय के बाद धीरा की आलमारी में हो रही उठा पटक ने अनु और सोना की जिज्ञासा बढा दी। पर दोनो शांत ही रहे।

ऊन के गोले, रबर बैंड से बंधी सिलाइयों के गुच्छे का केस संभाले और बगल में एलबम दबाए अगली सुबह सबसे पहले नाश्ता कर के छत पर जाने वाली धीरा ही थी।

स्वेटर बनना शुरू हो गया। मनोहर के नाप के हिसाब से आगे का पल्ला बनाना था सो शुरूआत स्वेटर के बार्डर से हो गई। दो दिन लगे बार्डर बनने में। एलबम का मीनू बूआ के बेटे की शादी वाला फोटो खोल कर रखा था। तीसरे दिन धीरा बना हुआ स्वेटर उधेड़ती हुई दिखाई दी।

क्या हुआ मम्मा स्वेटर क्यों उधेड़ रही हैं? सोना ने पूछा

कुछ नहीं...... धीरा ने बिना सोना की ओर देखे जवाब दे डाला। सुबह से ही धीरा कुछ सीरियस थीं। किसी से बात भी नहीं कर रही थी।

शाम को चाय के समय भी धीरा का ध्यान स्वेटर के उलटे सीधे फंदों में उलझा हुआ था। कुछ बनाती कुछ उधेड़ती... दो दिन बीत गए। स्वेटर को इतनी बार उधेड़ा और बुना गया था कि उसकी ऊन में बल पड़ गए।

दोपहर खाने के बाद जब छत पर बैठी धीरा स्वेटर बनाती हुई कुछ परेशान सी दिखी तो मनोहर ने पूछा...

क्या हुआ...? कुछ परेशान लग रही हो।

वो डिजाइन सही नहीं आ रहा... धीरा कुछ रूआंसी सी सुनाई दी।

अनु पापा मम्मा के लिए पानी का जग और गिलास ले कर पहुंचा था। उसे मां की परेशानी देख कर अच्छा नहीं लगा। पानी का जग पास की मेज पर रखते हुए बोला

क्या पापा आप भी मम्मा को तंग कर रहे हैं। मैं ला देता हूं ना स्वेटर आपके लिए।

अरे नहीं बेटा तेरी मम्मा के हाथ के बनाये स्वेटर की गर्मी और आराम बाजार के रेडिमेड स्वेटर में कहां। तेरी मम्मा अगर सादा सा स्वेटर भी बना देगी न तो वो आज कल के तेरे थर्मल से ज्यादा ठंड रोकेगा। क्यों सही कहा ना धीरा। मनोहर ने धीरा को बातचीत में शामिल करते हुए कहा।

धीरा ने बड़ी अदा से सर को झटक दिया और उन के चेहरे पर एक मुस्कुराहट खेल गई। अनु चुपचाप वहां से चला गया। धीरा फिर अपने स्वेटर के उलटे सीधे फंदों में उलझ गई।

शाम की चाय के बाद जब सोना बच्चों को पढ़ाने बैठ गई और धीरा अपने कमरे में चली गई तब अनु ने एक बार फिर स्वेटर की बात छेड़ दी। पापा आप भी क्यों स्वेटर की ज़िद् किए बैठे हैं?

मनोहर अनु के पास खिसक आए और बोले - बेटा तुम्हारी मम्मा रिटायरमेंट के बाद का खालीपन ही नहीं संभाल पाई थी और अब खालीपन के साथ-साथ लॉकडाउन की दीवारें भी हैं। मैं पिछले कुछ दिनों से महसूस कर रहा था कि वो न केवल चीजें भूलने लगी है बल्कि कुछ ज्यादा चिड़चिड़ी भी होने लगी है। ये हमारी खुशकिस्मती है कि हमारे बेटा बहू ने कभी हमें किसी चीज की कमी नहीं होने दी। मगर परिवार में अपने अस्तित्व का अहसास संबल देता है। किसी की जिन्दगी में हमारी जरूरत हमें जीने की वजह देती है।

मुझे स्वेटर नहीं चाहिए, मैं तो बस अपनी जिन्दगी में उन्हें उनके महत्व का अहसास दिला रहा था।

मनोहर ने अनु का कंधा थपथपाया और अपने कमरे की ओर बढ़ गए। हर समय छोटी छोटी बातों पर झगड़ने का बहाना ढूंढने वाले पापा अचानक से बदले बदले दिखाई देने लगे।

कहानी 3

क्रोमोज़ोमस् और लहू के रंग से
पक्का है रंग इनसानियत के रिश्ते का

सगा

अर्चना चली गई। खाली घर सांय सांय कर रहा था। अमीरन ने चाय का प्याला फातिमा बी के सामने रख दिया। चाय से निकलती भाप के पार अमीरन की आखें फातिमा बी का उदास चेहरा पढ़ रही थी। इतना जुड़ गई थीं अर्चना से, फातिमा बी।

बी बी... चाय! पी लीजिए...

हं... अं...हां... फातिमा बी कहीं दूर से जैसे लौट कर आई।

खाने में क्या बना दूं...

आलू गोभी का सालन... ज्यादा शोरबे के साथ और भिंडी... अर्चना की पसंद...

पर...

वो नहीं है तो क्या... मैं उसकी पसंद की चीजें नहीं खा सकती... उसकी याद के साथ स्वाद और ज्यादा आएगा।

अमीरन ने मुस्कुरा कर फातिमा बी की ओर देखा और बावर्चीखाने में चली गई। खाना बनाते बनाते अमीरन की आंखों के आगे बीते दिनों का अक्स तैर गया।

फातिमा बी ज़ाकिर नगर के एक दो बेडरूम के घर में पिछले पचपन सालों से रहती है। दो बेटे और दो बेटियां विदेश में रहते हैं और यहां एक बेटा है दूसरों के दुख दूर करने के लिए राजनीति में कूद पड़ा है। सब अपने-अपने घरों में सुखी हैं और अपने-अपने परिवारों की जिम्मेदारियों को उठाने में इस कदर मसरूफ हैं कि शायद अपनी बेवा मां का उन्हें कभी खयाल ही नहीं आता। यूं तो फातिमा बी ने भी कभी किसी से आस नहीं लगाई। शौहर के गुजरने के बाद ये जायदाद ही उनके जीने का सहारा बन गई।

अपने सलीके से सजे घर का एक बेडरूम, फातिमा बी कामकाजी या पढ़ने वाली लड़कियों को किराए पर उठा दिया करती है जो बड़े दिनों बाद आज फिर एक

नए किराएदार से आबाद हो गया था। सादी सी लड़की, गंदुमी रंग पर तीखे नैन नक़्श। बनारस में रहती है। दिल्ली नौकरी करने आई थी। हॉस्टल में जगह नहीं मिल पाई। सुबह का नाश्ता और रात का खाना उन्होंने एक्स्ट्रा चार्जेज पर पैकेज में जोड़ दिया था।

अर्चना के आने पर फातिमा बी कुछ ज्यादा खुश नहीं थी। उसने पैसे काफी कम करवाए थे। करोना का समय था किराएदार वैसे भी कहां मिलता, सो फातिमा बी ने मन मार कर रख लिया था। अमीरन पिछले सोलह सालों से उनके यहां काम कर रही थी। अब तो एक रिश्ता सा बन गया था। अक्सर अपने दिल की बातें वो कह दिया करती थी। बच्चों के अपने आप में मसरूफ हो जाने का गम नहीं था उन्हें, बल्कि इस बात का गम सालता था कि उन्हे अपनी अम्मी के अकेलेपन और बढ़ती उम्र से कोई सरोकार नहीं था। इसी दिन के लिए मुंह सी कर बच्चों को जनने का दर्द सहा था।

अर्चना पास के अस्पताल में काम करती थी। क्या करती थी पता नहीं पर डाक्टर या नर्स नहीं थी। काम का समय ऐसा था फातिमा बी से कभी कभार की दुआ सलाम से ज्यादा कुछ पनप नहीं सका था।

नाश्ता-खाना ले कर अक्सर वो अपने कमरे में चली जाती और प्लेट धो कर बावर्चीखाने में रख देती। काम के अलावा बाकी समय किताबों में या लैपटॉप में बीतता। वैसे तो फातिमा बी ने कह रखा था कि घर में लड़कों को बुलाना मना है। पर इसकी तो कोई सहेली भी इतने दिनों में न आई थी। हां घरवालों से अक्सर लैपटॉप में शकल देख कर बातें किया करती थी।

एक दिन अर्चना काम पर से घर लौटी तो दरवाजा खुलने में देर हो गई। उसने कई बार घंटी बजाई, फिर मोबाइल पर फोन किया। गुस्सा समय बीतने के साथ-साथ घबराहट और परेशानी में बदलने लगा था। पर फातिबा बी बड़ी देर तक दरवाजा खोलने नहीं आई। अमीरन आंटी को फोन करें या पड़ोस में जाएं, अर्चना ये सोच ही रही थी कि दरवाजा खुल गया। उनका चेहरा पसीने से भीगा हुआ था। जिसे देख कर अर्चना की घबराहट और बढ़ गई। सवाल तो चेहरे पर पुते पड़े थे।

गुसलखाने में थी... फातिमा बी बस हल्के से कह कर धीमी चाल से अपने कमरे में चली गई। अर्चना ये तो जानती थी कि फातिमा बी के घुटनों में दर्द रहता है और उम्र के बढ़ने के साथ साथ ये दिक्कत बढ़ भी

जाती है। पर आज उसे फातिमा बी के चेहरे पर दर्द की लकीरें कुछ गहरी नजर आईं।

अगली शाम ही अर्चना ने अमीरन को एक ट्यूब ला कर दी थी जिससे फातिमा बी के घुटनों के दर्द में काफी आराम आ गया था। एक अबोली सी दीवार थी जो दरक गई थी। शाम को काम से लौट कर अर्चना फातिमा बी का हाल चाल पूछने लगी थी। कभी कभार चाय बना कर पिलाने से शुरू हुई घनिष्टता कब प्रगाढ़ संबंधों में बदल गई पता ही नहीं चला।

उस रात भी तो सब ठीक ही था जब फातिमा बी और अर्चना अपने-अपने कमरों में सोने चले गए थे। अचानक कुछ गिरने की आवाज से अर्चना की नींद खुली। भाग कर बाहर पहुंची तो कमरा खुला था मगर बाथरूम का दरवाजा बंद था। फातिमा बी को बाहर निकालने में भोर हो गई। टायलेट सीट से उठते हुए घुटनों के दर्द की वजह से संतुलन खो कर वो फ़र्श पर गिर पड़ी थी। सर पास के नलके से टकरा गया। चोट लगने से वो बेहोश हो गई थी। सर की चोट लगी थी तो सारे टेस्ट और ठीक से चेकअप होना जरूरी था। दिल्ली में रह रहे बेटे ने फोन पर अपनी मसरूफियत

बता कर हाल चाल पूछा और अपना काम पूरा कर लिया था और जो बच्चे विदेश में थे वो तो भला क्या ही आ पाते। मजबूरी थी बेचारी औलादों की। कोरोना में विदेश से आना जाना कितना मुश्किल है, ये तो सभी जानते थे। अस्पताल में तीन दिन बिता कर जब वो वापस लौटीं तो रिश्तों के नाम और अहमियत, दोनों बदल चुके थे।

अस्पताल से घर पहुंच कर दीवार का सहारा लेते हुए फातिमा बी जब गुसलखाने में पहुंची तो उनकी आंखें हैरानी से फैल गई। उनके टायलेट सीट पर एक हैंडिल वाला टायलेट सीट राइजर लगा हुआ था।

फ्रेश हो कर जब वो वापस निकली तो अपने बिस्तर पर न लेट कर सीधे बैठक की ओर चली गई। अर्चना चाय के साथ सिकी ब्रेड पर मक्खन और नमकीन की तह लगा रही थीं। फातिमा बी को मक्खन लगी सिकी ब्रेड पर बेसन का नमकीन बेहद पसंद था। अर्चना ने ट्रे सामने रखी और चाय का प्याला हाथ में पकड़ा दिया। फातिमा बी का हाथ कांप सा गया और उनकी आंखों से दो बूंद आंसू टपक गए।

क्या हुआ...? आप रो क्यों रही हैं?

मेरे जाए बच्चे... पंख निकलते ही सब उड़ गए।

ऐसा क्यों सोचतीं हैं... अर्चना ने प्लेट आगे करते हुए कहा।

मेरी तरबियत में और तुम्हारे मम्मी पापा की तरबियत में कुछ तो फर्क होगा ही कि तुमने एक अनजाने की तकलीफों को समझा।

आप ऐसा न कहें... प्लीज... मैने अपनी मां को दादी की छोटी-छोटी जरूरतों का खयाल रखते देखा है। शायद तभी...

आंखों से आंसू होठों तक बह आए थे। फातिमा बी ने उन्हें अपनी कमीज की बांह से पोंछा और बोलीं...... वो टायलेट...

हां! डाक्टर ने बताया था कि आपको नीची सीट पर बैठने में घुटनों में दर्द होता है, और कभी-कभी दर्द की वजह से पांव लड़खड़ा सकते हैं... इसलिए...

तुमने मेरी हर सुबह की मुश्किल दूर कर दी। ये तो मेरे सगे बच्चों के ख्याल में भी नहीं आए। गीली आंखों में मुस्कुराहट तैर गई।

सगा सिर्फ खून का रिश्ता होता है क्या... अर्चना ने प्लेट में से टोस्ट हाथ में पकड़ाते हुए कहा।

नहीं... जज़्बातों का रिश्ता खून के रिश्ते से ज्यादा सगा होता है। फातिमा बी ने मुस्कुराते हुए कहा और ब्रेड में दांत गड़ा दिए।

अर्चना नवरात्री मनाने अपने घर गई थी। अपने परिवार के पास, ओर यहां एक मीठा सा खालीपन छोड़ गई थी। फातिमा बी को उसकी वापसी का इंतजार है।

चांद खिड़की से मेरे घर में चला आता है
सूरज की किरण हाल पूछ जाती है
अब मुझे घर से निकलने की ज़रूरत क्या है
साथ अपनों का हो तो हर शै मुस्कुराती है

लॉकडाउन

मैं खुश हूं... बहुत खुश और फिर एक पूर्णविराम। राघवेन्द्र ने अपनी डायरी में लिखा और पेन का ढक्कन लगा दिया। डायरी के उस पन्ने पर बुकमार्क का रेशमी डोरा सहेज कर रखा और फिर डायरी बंद कर दी। दो पल को मुस्कुराती आंखों से डायरी को देखने के बाद उसे प्यार से उठा कर ड्रॉर के सुपूर्द कर दिया।

वैदेही सो चुकी थी। उसे हमेशा ही जल्दी नींद आ जाती है। बच्चे जब छोटे थे तो सुबह जल्दी उठना जल्दी नींद को न्यौता दे ही देता था। देर रात तक बच्चों को पढ़ाना तब भी राघवेन्द्र की जिम्मेदारी थी और आज भी ये जिम्मेदारी राघवेन्द्र ही उठाते हैं जब बच्चों को आने में देर हो। अक्सर देर रात तक टीवी देखते हुए। वैदेही देर तक कभी नहीं जागी। आज लाइट बंद कर के बिस्तर पर लेटे तो राघवेन्द्र का मन बेहद खुश था। होठों के कोरों पर मुस्कुराहट खेल रही थी। चिन्ता हो या खुशी नींद उन्हें हमेशा नखरे दिखाती है। सो आज

भी नींद अपने ऐटिट्युड में थी। पर अच्छा भी लग रहा था। नींद का न आना। राघवेन्द्र आज बीते दिनों की गलियों में घूम कर आना चाहते थे।

बच्चों के जन्म के बाद का वो नटखट दौर और फिर उनकी पढाई की सीरियसनेस। एक के बाद एक दृश्य मन की स्क्रीन पर कितनी तेजी से दौड़ रहे थे। मन भी कितना बलशाली है। बीते 45 साल कुछ मिनटों में जी आया। लविका और कुशाग्रा राघेन्द्र ओर वैदेही की बेटियां। वैदेही ने लव कुश के नाम पर अपनी जुड़वा बेटियों के नाम रखे थे। आज उनकी बेटियां नेकदिल, होनहार, सफल और अपने जीवन में संतुष्ट हैं।

डेढ़ साल हुए कुशाग्रा के पति का ट्रान्स्फ़र दिल्ली हो गया और वो यहीं आ कर रहने लगे। उपर वाले फलोर में उन्होनें अपना घरौंदा बसा लिया। ऐसा लगा जैसे बच्चों के साथ बिताया कल एक बार फिर सजीव हो गया। बच्चों की चहलपहल ने रौनक भर दी पूरे घर में। कुशाग्रा और विनय सुबह-सुबह ही ऑफिस निकल जाते थे। गुरूग्राम और नोएडा दो दिशायें। पर अच्छा था कि लाजपत नगर में इनका घर बीच में पड़ता था।

वैदेही ने करवट ली थी, कुछ हिल डुल कर सो गई और राघवेन्द्र की सोच की कड़ी टूट गई। नजरें उसकी ओर उठ गई। कंधे पर उसकी चादर सहेजी तो आंखे उसके चेहरे पर टिक गईं। उसके चेहरे पर शांति थी। माथे पर सिंदूर की लाल बिंदिया के आसपास की रेखाएं गहरी हो गई थी। उम्र अपनी छाप छोड़ रही थी। उसके गाल पर एक तिल था जिसे कुशी विलेन वाला तिल कहती थी। कहीं बाहर जाने का प्रोग्राम बनता था तो अक्सर वैदेही घर का कोई काम याद दिला देती थी। कुशी कहती थी कि मम्मा का विलेन जाग गया है। राघवेन्द्र के होंठों पर मुस्कुराहट खेल गई।

इन पंद्रह महीनों में कुशी को ऑफिस जाते या घर लौटते ही देखा था। छुटटी का दिन तो अक्सर बच्चों की फरमाइशों या घूमने फिरने में बीत जाता था। यूं भी एक वर्किंग वुमन के आलावा वो एक पत्नी और मां भी तो थी। समय कहां था उसके पास। शिकायत करते भी तो क्या... आज कल हर इन्सान एक ऐसी दौड़ में शामिल है जिसका आरंभ तो है पर अंत नहीं।

22 मार्च 2020 एक डर जो धीरे धीरे पांव पसार रहा था, आज की सुबह से जनता कर्फ्यू में बदल गया था।

ये सुबह कुछ अलग सी शुरू हुई थी। सब घर पर थे। कुशी और विनय बच्चों के साथ नीचे उतर आए थे। कहीं जाना तो था नहीं। वैदेही ने बच्चों की पसंद का पास्ता बना दिया। बस नानी के दीवाने अब भला मां के पास कहां जाने वाले थे। दिन भर गप्पें चलती रहीं। कुशी और वैदेही ने मिल कर रसोई संभाल ली थी। विनय और राघवेन्द्र ने कितनी ही बातें डिस्कस कर डाली। गुडडी चाची की बेटी की शादी से ले कर देश की इकॉनमी तक। शाम को पांच बजे थाली, घंटी और शंख की आवाज ने हर ओर एक उत्सव का माहौल बन गया। कुशी ने घंटी, शंख और थाली बजाते परिवार की विडियो बना कर लविका को पोस्ट कर दिया। रात होते होते समझ आ गया था कि अब इक्कीस दिन घर से काम करना है और बाहर निकलना लक्ष्मण रेखा लांघने बराबर है।

नौ बजे का लाग-इन टाइम विनय के लिए था पर बच्चे और कुशी तो जैसे गर्मियों की छुटिटयां अभी से मनाना शुरू कर चुके थे। बस अंतर ये था कि सारी प्लानिंग घर की चार दीवारी तक सीमित थी।

पहला दिन, बड़े दिनों से कुशी को सर्दियों के कपड़े समेटने का मौका नहीं मिल रहा था। गर्मी तो अब दिन पर दिन बढ़नी ही थी। सो सबसे पहले यही निपटाने लगी। वैदेही ने कुशी के पसंद का खाना बना लिया। लंच के समय विनय भी नीचे आ गए और बस यूं लगा जैसे फिल्मों में डायनिंग टेबल पर सबका एक साथ खाना खाने वाला सीन साकार हो गया। सब लोग एक साथ लंच कर रहे थे। हंसी मजाक चल रहा था। राघवेन्द्र और वैदेही अपने बच्चों को सामने देख बेहद प्रसन्न थे।

अगले दिन कुशी ने अपने पापा की पसंद का खाना बनाया और वही कल वाला सीन दूसरी लोकेशन पर जिया गया। जूम चैट पर लविका को भी कनैक्ट कर लिया। बस सारा घर एक साथ हो गया।

सुबह शाम छत पर एक्सरसाइज और फिर चाय का दौर। पुरानी आलमारी के पीछे से कैरम बोर्ड निकल आया। बड़े दिनों बाद घर में लाल वाली गोटी कैरम के बोर्ड पर इतराने लगी। लूडो पर छक्के की वैल्यु फिर बढ़ गई और सांप सीढ़ी का निन्यानवें वाला सांप फिर डराने लगा। विनय, कुशी के साथ वैदेही और राघवेन्द्र की रम्मी शायद पहली बार खेली गई मगर फिर तो

ये रोज डिनर के बाद का रूटीन बन गई। जहां घर की चारदीवारी के बाहर उथल पुथल मची हुई थी वहीं घर के भीतर एक सुकून भरा माहौल बन गया था। राघवेन्द्र का तो ब्लडप्रैशर भी नार्मल रहने लगा था। संतोष और खुशी बहुत सी बीमारियों की दवा होते है।

एक बार फिर घर के बंद दरवाजे से पुराने दिन लौट आए। जहां टी वी के समाचार दिल को दहला रहे थे वहीं अपने परिवार को सामने देख मन कहीं बड़ा खुश भी था। बीते पन्नों में जहां राघवेन्द्र की कलम, डायरी के पन्नों को अकेलेपन के स्याह रंग से रंगा करती थी वहीं अब रंग बिरंगे रोज के चटक खुशनुमा किस्सों की किलकारियां भर रही थी।

बिस्तर पर लेटे लेटे राघवेन्द्र ने एक लंबी सांस ली। लॉकडाउन की इस भयावह होती स्थिति में शांत मन से ईश्वर को नमन किया और इस बात की सत्यता पर एक बार फिर मन ही मन मुहर लगा दी कि सुख कहीं बाहर नहीं अपने परिवार के साथ मिल-जुल कर जीने में हैं। राघवेन्द्र ने साइड टेबल पर रखा लैम्प बुझा दिया और घर के बाहर की स्ट्रीट लाइट से एक हल्की सी रोशनी सारे कमरे में बिखर गई।

सोना-चांदी, मोती-माणिक या फूलों का हार
सबसे मंहगा सबसे उत्तम सेहत का उपहार

बेसनी भिंडी

थोड़ी कुछ अजीब सी लगेगी ये कहानी, क्योंकि ये कहानी है ही नहीं, एक अहसास है जिसे शेयर करने का मन है पर शायद इसमें भी एक कहानी तो छिपी है ही। माया की बहन मनोरमा इलाहाबाद में रहती थी। इस अक्टूबर उनकी शादी को पचास साल पूरे हो रहे थे। समरथ की भी अपने बहनोई तन्मय से अच्छी बनती थी, तो तय ये हुआ कि शादी की पचासवीं सालगिरह से एक सप्ताह पहले ही माया और समरथ मनोरमा के यहां पहुंच जाएगें और दस दिन गुजार कर ही लौटेगें। यहां दिल्ली में कौन सा कोई काम हर्जा हो रहा था, रिटायर्ड लाइफ के अपने फायदे भी तो होते ही हैं और इंतजार करने वाला भी कौन था यहां।

तन्मय ने अच्छा दोमंजिला घर बनाया था। बेटा बहू और उनके दोनों बच्चे उपर की मंजिल पर थे और ये दोनों नीचे की मंजिल पर। बड़ी किस्मत वाली थी मनोरमा। बेटा बहू अच्छे संस्कारी और मिलनसार

थे। बहू तो सोने की बनी थी। ऑफिस जाने से पहले सबको नाश्ता करवा कर जाना। दोपहर के खाने की पूरी तैयारी और शाम की चाय के लिए भी मनोरमा को उठना नहीं पड़ता था। यवनिका ने इतना अच्छा मैनेजमेंट कर रखा था। यवनिका... मनोरमा और तनमय की बहू यानि मधुर की पत्नी।

बड़ा सुकून मिला माया को। घर मानो धरती पर स्वर्ग था। ऐसा कहीं आजकल देखने सुनने को मिलता है। सास ससुर को अपने माता पिता की तरह सम्मान ही नहीं स्नेह भी देना। मन खुश हो गया माया का। दुख था तो सिर्फ ये कि मनोरमा को मधुमेह की शिकायत थी। भूख न लगना, नींद न आना और कभी कभी पैरों में सूजन भी रहती थी। दवा इलाज तो चल रहा था पर फायदे जैसी कोई बात दिखाई नहीं दे रही थी।

अब इस उमर में बिमारियां नहीं लगेगी तो पता कैसे चलेगा कि हम लोग बुढ़ा रहे हैं... मनोरमा शाम की चाय पर माया से बोलीं।

लेकिन खुद भी तो खयाल रखना चाहिए... माया ने बिस्कुट उठाते हुए कहा

अब जब ख्याल रखने वाली भगवान ने भेज दी है तो जरूरी है क्या... कि मैं कुछ करूं... मनोरमा ने माया की बात को फिर नजरअंदाज करते हुए कहा।

अब तुम्हें बेटे बहू का सुख नहीं मिला तो मनोरमा को तो सुख उठा लेने दो... समरथ ने मनोरमा का साथ दिया।

माया महसूस कर रही थी कि मनोरमा के पांवों की सूजन बैठे-बैठे बढ़ रही थी। वो थोड़ा बहुत चल लेती तो सूजन कम हो जाती थी। सालगिरह के अगले दिन इतवार था। सुबह-सुबह माया बोली... इलाहाबाद आए और गंगा जी को प्रणाम नहीं किया तो इलाहाबाद आना बेकार है...

चलो! चलो!... गंगा जी कौन सा दूर है, मनोरमा खुश होते हुए बोली...

गंगा के किनारे दूर तक टहलते हुए माया और मनोरमा ने बचपन के कितने ही पन्ने पलट डाले। वापस लौटे तो माया और मनोरमा को जोरों की भूख लग आई थी।

नाश्ते की मेज पर बैठे तो मनोरमा बोली आज तो बड़े दिनों बाद ज़ोर की भूख लगी है ...

नाश्ता समेटा तो माया मनोरमा से बोली... याद है आप बेसन वाली भिंडी बनाती थी। जो नानी को बहुत पसंद थी।

और तुम्हें भी तो... मनोरमा माया को छेड़ते हुए बोली... मैं बनाती हूं आज तुम्हारे लिए बेसनी भिंडी... मनोरमा ने रसोई से सबको बाहर निकला दिया और खुद काम में लग गई।

दोपहर को जब सब खाने पर बैठे तो यवनिका के मुंह से अनायास ही निकल गया... मम्मा इतनी टेस्टी बेसनी भिंडी मैंने आज तक नहीं खाई। आप प्लीज मुझे भी सिखा दीजिए ना... मनोरमा का चेहरा खुशी से दमक उठा।

दिन भर काम कर के मनोरमा थक गई थी। रात को बिस्तर पर गिरते ही नींद आ गई। सुबह उठी तो अच्छी नींद की फ्रेशनेस से चेहरा दमक रहा था।

पावों की सूजन काफी कम लग रही है, लान में चाय पीते-पीते माया की नज़र अचानक मनोरमा के पांवों पर पड़ी तो माया ने कहा...

हां सच में... समरथ भी मनोरमा के पांवों की ओर देख कर बोले...

ये तो कमाल हो गया...भई ये कमाल बेसनी भिंडी का है या तुम्हारे यहां आने का है... माया तुम तो यहीं रह जाओ... तुम्हारी बहन तुम्हें देख कर ही ठीक हो जाती है।

ना मेरा न बेसनी भिंडी का... ये सुबह की सैर और दिन भर कुछ न कुछ करते रहने का कमाल है। माया मनोरमा की ओर देख कर बोली...

कभी-कभी अधिक आराम भी रोग का कारण बनता है। आप रोज टहलने जाइये... यवनिका को काम में मदद कीजिए... मधुमेह सुख का रोग है। मेहनत से जाता है। आप जितना पसीना बहाएगीं रोग उतना दूर रहेगा...

अगले सात दिन माया और मनोरमा ने सुबह गंगा जी के किनारे सैर करते गुजारी... घर का हल्का फुल्का काम मनोरमा ने अपने कंधों पर ले लिया।

माया और समरथ जिस दिन वापस लौटने को थे उस दिन तन्मय बोले... तुमने हमारी इस सालगिरह पर हमें सबसे अच्छा उपहार दिया। सेहत का उपहार...

उम्र बढ़ने से बिमारियों का कोई संबंध नहीं है अगर हम हर रोज व्यायाम करें... अपना काम खुद करें और अपने शरीर की मशीनरी में जंक न लगने दें। माया मनोरमा का हाथ थामते हुए बोली...

टैक्सी रेलवे स्टेशन की ओर बढ़ रही थी और माया को अपनी बहन से बिछड़ने के दुख की जगह एक सुखद अहसास हो रहा था।

सूरज की किरणों पर बैठ कर
हर रोज
खिड़की पर आती है
जिन्दगी।
खिड़कियां खोल दो
और
उसे भीतर आने दो ना!

धूप का टुकड़ा

पिछले अठारह दिनों से आई सी यू में रहने के बाद कल रात रमन की तबियत कमरे में शिफट होने लायक हो गई थी। राधा के उतरे चेहरे पर रमन को देखते ही जो मुस्कुराहट आ गई थी वो किसी संजीवनी से कम नहीं थी। अभी दवाओं का असर था कि आंखें बंद हो रही थी। नींद के आगोश में जाते-जाते राधा कि आंखों में चिंता और होठों पर बिखरी मुस्कुराहट रमन की पलकों के भीतर छप सी गई थी।

कितना परेशान थी राधा जब रमन को अचानक स्ट्रोक आ गया था। कैसे कैसे पड़ोसियों की मदद से रमन को हॉस्पिटल ले कर आई। तब से शायद घर नहीं गई होगी। यहीं आई सी यू के वेटिंग हॉल में अकेली बैठी सुबह को रात में ढलते और रात को सुबह में बदलते देख रही होगी। अभी भी रूम में शिफट होने के बाद सामने सोफे पर बैठी राधा की आंखें ग्लूकोज़ और दवाओं की टप-टप करती बूंदों की रफतार को ताक रही थीं।

मीनल को आने से मना कर दिया ना...! कमरे में पहुंचने के बाद धीमी सी आवाज में रमन का राधा से यही पहला सवाल था।

हां... राधा ने सर हिलाते हुए कहा तो रमन ने आंखें बंद कर एक लंबी सांस छोड़ी थी।

परदेस में बसी बिटिया माह भर के बच्ची के साथ कैसे आएगी इतनी दूर। मीनल, रमन और राधा की इकलौती संतान थी। लाड़ से पाला था और पढाई लिखाई में वो हमेशा अव्वल रही। एम बी ए खत्म करने से पहले ही उसे एक विदेशी कंपनी ने हायर कर लिया था। रमन और राधा कितने खुश थे। बेटी के उन्हें छोड़ कर दूर जाने का दुख उसकी सफलताओं के गौरव के सामने छोटा हो गया था। परिवार में अब रमन और राधा ही थे, एक दूसरे के सुख-दुख के साथी।

रमन का शरीर कमजोरी से निढाल सा ही था। हल्के से गर्दन घुमा कर देखा तो सामने सोफे पर राधा हाथ में चाय का प्याला पकड़े बैठी थी। बात करने का मन तो था पर हिम्मत नहीं थी... शायद कमज़ोरी थी... इतने दिनों टयुब लाइट की नकली दूधिया रौशनी

और अपनी अशक्त अवस्था की वजह से असहाय सा महसूस करने लगे थे रमन। मन में एक अजीब सी मायूसी घर कर गई थी। लगने लगा कि अब सब कुछ ठहर गया है। राधा जब भी कहती की तुम जल्दी ठीक हो जाओगे... हम घर चलेंगे... फिर हम मीनल के घर जाएगें, उसकी बिटिया के साथ खेलेंगे... तो शब्द कुछ खोखले से महसूस होते। नीम बेहोशी में रमन को पता नहीं चला कि कितने दिन निकले, पर अब सुबह और शाम तो समझ आने लगे थे। बरसात का मौसम था पर नमी का अहसास नहीं था। भीगी पत्तियों से टपकते मोती आस पास नहीं थे। पास था सिर्फ मशीनी वातावरण और राधा के हाथों का स्पर्श। वो अक्सर रमन का हाथ हाथों में थामें बैठी रहती।

उम्र के वो दौर में जब बालों का घनत्व, शरीर की उर्जा और अंगों में ताकत का घमंड टूटने लगे तो रिश्तों की गहराई महसूस होने लगती है।

सुधर रहे थे हालात... धीरे से उठा कर बैठा देती थी नर्स। कमरे का टीवी चालू हो गया था। राधा भी खुश दिखाई देने लगी थी।

आज सुबह अस्पताल का ब्वॉय थरमस में चाय और ब्रिटानिया मैरी के बिस्कुट रखने आया तो राधा ने उससे अस्पताल के कमरे की बड़ी सी खिड़की पर लगे ब्लाइंडस् को उठा देने को कहा।

उसे बिना देर किए खिड़की पर लगा शील्ड उठा दिया। अच्छा स्टाफ है अस्पताल का। खिड़की के बाहर का दृश्य सुंदर था। ग्रीन बेल्ट के किनारे बना ये अस्पताल प्रकृति के करीब था। दूर तक अलग-अलग शेड्ज़ के हरे रंग का कालीन सा बिछा हुआ था। नारंगी रंग का सूरज आसमान को सुनहरा करने पर तुला था। धूप की एक नाजुक सी सुनहरी किरण खिड़की से रमन के बेड के पाए तक पहुंच रही थी। एयर कंडीशंड कमरे में सूरज की गर्मी तो नहीं पर उसकी किरणें बेरोक टोक चली आ रही थी। रमन ने सुबह होते हुए इतने गौर से कब देखा था, याद नहीं।

राधा ब्रश करने बाथरूम में जा चुकी थी। खिड़की पर एक गौरैया एक मुंगफली का दाना लिए बैठी थी। चोंच से उसके बाहर के भूरे सख्त खोल को तोड़ने में व्यस्त। मुश्किल लग रहा था। ठीक वैसे ही जैसे रमन का अपने शरीर पर लगी तारों और पाइपों का जाल

तोड़ पाना मुश्किल लग रहा था। धूप का नारंगी रंग गहरा हो कर चटक सफेद सा होने लगा था। रौशनी बढ़ने के साथ-साथ धूप का टुकड़ा भी दिलेर हो गया था। बेड के पाए से कुछ दूर हो गया था, मगर अब स्याह सफेद की स्पष्ट लकीर खींच पाने में समर्थ था।

गौरैया के लिए मुंगफली के दाने का खोल तोड़ना आसान नहीं था। रमन को दिखाई दे रहा था, अभी एक दरार तक नहीं पड़ी थी उसके खोल पर। पर प्रयास जारी था।

सिस्टर के कमरे में आने की आहट से रमन का ध्यान गौरैया पर हट कर खुद से जुड़े मॉनिटरों पर लौट आया। राधा बाथरूम से निकल आई थी।

कैसा लग रहा है आपको? सिस्टर ने पूछा।

बेहतर। रमन के चेहरे पर मुस्कुराहट खेल गई।

डूइंग फाइन नाओ! कहते हुए सिस्टर ने मॉनिटर की तारें शरीर से हटानी शुरू कर दी।

थैंक गॉड! ए स्टेप ट्रूवर्ड्स् फ्रीडम! राधा बोली, उसके चेहरे पर उल्लास उमड़ आया।

मैं अब बेड से उठ सकता हूं ना... रमन ने अपने मन का डर सवाल में पिरोते हुए कहा। आपको वही तो कोशिश करनी है...? सिस्टर बोली

और मैं चल भी पाउंगा? रमन ने डरते हुए पूछा

ये आप पर निर्भर करता है। सिस्टर ने यंत्रवत मॉनिटर की केबलस् लपेट कर हैंग करते हुए कहा।

क्यों नहीं चल पाओगे रमन... मैं हूं ना तुम्हारे साथ... राधा ने रमन के कंधे पर हाथ रखते हुए कहा।

रमन ने अपने कंधे पर रखे राधा के हाथ को अपने हाथों से थामते हुए राधा की ओर देखा, मानों इस बात की सच्चाई आंक रहे हों।

अभी कोशिश करें। राधा ने उत्साहित होते हुए पूछा

मैं ब्रदर को बुलाती हूं...सिस्टर ने भीनी सी मुस्कुराहट के साथ कहा और बेड के पास रखी घंटी बजा दी।

राधा वहीं बेड के पास खड़ी थी। उसने हल्के से रमन के माथे को अपने होठों से छू दिया। रमन समझ गए कि राधा कह रही थी कि बस अब जल्दी से ठीक हो कर घर चलो।

कुछ देर बाद ही ब्रदर अपने कंधों का सहारा दे कर रमन को खड़ा करने की हिम्मत दिला रहे थे। सिस्टर भी साथ मिलकर बिस्तर से नीचे पांवों को जमीन पर टिकाने कि कोशिश कर रही थी। पांवों ने जमीन को छुआ तो रमन को कठोर जमीन की दृढ़ता का अहसास हुआ। पांव कांप रहे थे। रमन ने ठीक से खड़े होने की कोशिश की और फिर धीमे-धीमे कदम बढ़ाया भी पर लड़खड़ा गए। ब्रदर और सिस्टर ने तत्परता से रमन को संभाल लिया।

आप रुकिए नहीं... कोशिश कीजिए एक कदम और... सिस्टर आग्रह कर रही थी।

मैं हूं ना आपके साथ... ब्रदर भी हिम्मत बढ़ा रहा था।

राधा आंखों में घुमड़ते बादलों को रोकने की असफल कोशिश कर रही थी। मन ही मन ईश्वर को धन्यवाद

देती हुई और आग्रह करती हुई कि रमन की हिम्मत बनी रहे।

बस वहां तक चलिए जहां वो सूरज का टुकड़ा आपके कमरे में घुस आया है। सिस्टर ने रमन से कहा।

उतनी देर में वो सूरज का टुकड़ा बिस्तर के पाए से और दूर चला गया था। वो भी सिस्टर और ब्रदर के साथ मिल गया था। अभी कुछ देर पहले तो वो बिलकुल पास था। रमन धूप के टुकड़े को देख रहे थे। चिड़िया न मालूम कहां जा चुकी थी। धीरे-धीरे कर के वो धूप के टुकड़े के पास पहुंच ही गए।

मैं अभी मीनल को फोन करती हूं। आज वो बहुत खुश होगी।

सिस्टर और ब्रदर के साथ-साथ राधा की आवाज का उल्लास उनको भी छू गया। वहां खड़े हो कर उन्हें खिड़की के बाहर की मुंडेर पर बैठी चिड़िया दिखाई दे रही थी। उसने मुंगफली का दाना तोड़ लिया था।

कहानी 7

कभी-कभी यूं ही बिसर जाती है रोज की बातें
रोज याद आने को तुम कोई तो बहाना ढूंढो

वाइरल विडियो

थैंक्यु साब!

अरे! ऐश कर... कहते हुए अतिरेक ने दरवाजा बंद कर दिया और वापस पलंग पर आ कर पसर गया। बाहर से अभी भी बोरे में बोतलें भरने की आवाजें आ रही थीं। हर इतवार इसे आठ दस बीयर की बोतले मिल जाती हैं और ये खुश हो कर चला जाता है। अतिरेक फिर से अपनी टूटी हुई नींद को जोड़ने में व्यस्त हो गया था। नींद जुड़ भी गई। बाहर कचरा ले जाने वाला बीयर की बोतलें पाकर खुशी-खुशी जा चुका था। अतिरेक अब शायद दस या ग्यारह बजे तक सोएगा। फिर बाहर से कुछ ऑर्डर करेगा या फिर कुछ बना लेगा। संडे है ना आज। जो मर्जी करे... चाहे तो पूरा दिन बस अपनी पसंद की सीरीज़ देख कर बिताए। कोई टेंशन नहीं है। अतिरेक अपने परिवार से दूर बंगलौर में एक मल्टीनेशनल कंपनी में टीम हेड था। पहली जॉब थी। नई-नई फ्रीडम... मां बाप खुश

थे कि बेटा पढ़ लिख कर एक अच्छी नौकरी पर लग गया है और बेटा खुश था कि कम से कम घरवालों की टोका-टाकी से आजादी तो मिली, क्या हुआ जो दो टाइम खाना बनाना पड़ता है।

पिछले कुछ दिनों एक अजीब मगर अच्छा वाक्या नज़र के सामने से गुज़रा। वाट्स ऐप की कुछ काम कुछ बेकाम के मेसेजस् में एक विडियो वायरल हुआ। विडियो था एक वृद्ध दम्पत्ति का। जिनकी उम्र 80 छू रही थी। अपना पेट पालने के लिए वो एक छोटा सा ढाबा चलाते थे। ढाबे का नाम था 'बाबा का ढाबा'। प्यार से पका कर खिलाना ही शायद उनके बस में था। पर प्यार की कीमत आज की दुनिया में है किसको। आज कल के दिखावटी तामझाम से परे ये बुजुर्ग दंपत्ति रोज का पकाया खाना पूरा पूरा बेच भी नहीं पाते थे। अक्सर उनका खाना बच जाया करता था तो फिर भला व्यवसाय में लाभ की गुंजाइश कहां से होती।

एक दिन कुछ नौजवान उनके ढाबे पर पहुंचे और उन्होंने उनकी और उनके ढाबे की स्थिति को जस का तस अपने कैमरे में कैद कर लिया।

आधा किलो दाल भी पूरी नहीं बिकती... बच जाती है। वृद्ध ने कहा तो उनकी आवाज का दरकना छू गया। ये शब्द तीर से दिल को चुभने वाले थे।

विडियो वाइरल हो गया और अगले ही दिन उन बाबा जी के ढाबे पर दानवीरों और ग्राहकों की लंबी कतार थी। कुछ चैनल वाले भी भीड़ का हिस्सा थे। सोशल मीडिया में सिने जगत के उन लोगों के वक्तव्य भी देखने को मिले जिनकी आवाज कभी सुनाई नहीं देती। बहरहाल नतीजा ये कि बात को हाथों हाथ लिया गया और बाबा का ढाबा चल निकला। वाट्स ऐप के विडियों के वायरल होने से किसी का भला भी हुआ है ये अतिरेक ने पहली बार देखा था। ये अलग बात थी कि इस घटना के बाद अतिरेक जैसे कई लोगों की नज़रें ज़रूरतमंद बुजुर्गों को ढूंढने लगी।

अतिरेक ने भी ऑफिस जाते समय रेड लाइट पर एक बुजुर्ग को पेन बेचते देखा तो उसके सारे पेन खरीद लिए। ऑफिस पहुंच कर हर एक की मेज पर एक-एक पेन रखते हुए उसे मन ही मन शांति का अहसास हो रहा था। ऑफिस में भी लगभग सभी इस विडियो

को देख चुके थे इसलिए अतिरेक की सोच को समझना किसी के लिए मुश्किल न था।

अतिरेक के डेस्क के साथ वाली डेस्क पर बैठी मदुरा ने पेन को हाथ में उठा कर कुछ देर देखा और फिर उसे पर्स में रख लिया। अचानक मां की याद हो आई। कई दिनों से बात करने का समय नहीं मिला था। आज अतिरेक ने कुछ तार छेड़ दिए थे, सो बेटी का हृदय मचल गया। तुरत-फुरत से फोन मिला दिया।

कैसी हो मां... आवाज का सोंधापन साथ वाले वर्किंग स्टेशन पर बैठे अतिरेक ने भी महसूस किया। वो बस अपने डेस्क पर बैठे-बैठे मुस्कुरा दिया। शादी के बाद अब मदुरा संयुक्त परिवार में रहती थी। सास ससुर देवर ननद सभी थे, समय ही कहां मिलता है।

लंच टाइम हुआ तो कैंटीन में मदुरा अतिरेक के पास आ कर बैठ गई। पहली बार बातचीत का विषय बॉस, वर्क लोड, पॉलिटिक्स, प्रदूषण और टैफिक जैम से परे कुछ अलग था।

अच्छा किया तुमने... मदुरा बोली

हूं... मुझे भी अच्छा लगा। अतिरेक ने परांठें में भिंडी लपेटते हुए कहा।

सुकून सा मिला होगा...

हूं... अतिरेक का मुंह अब भी भरा था।

तुम्हें नहीं लगता कि हमसे कुछ छूट रहा है। मदुरा ज़रा पीछे को खिसकते बोली। कैन्टीन के स्वामी अन्ना मेज पर कॉफी रख रहे थे।

हां... तुम्हारी बात सुन कर लगता है कि

कि... क्यों न मिल कर कुछ किया जाय... मदुरा और अतिरेक की टेबल पर अपनी प्लेट रखते हुए मनोहर ने अतिरेक की बात लपक ली। मनोहर अतिरेक की ही टीम का मेंबर था। अभी शादी हुई थी। पत्नी टीचर थी और आगरा में परिवार के साथ रहती थी। मनोहर उसके लिए यहीं बंगलौर में नौकरी तलाश रहा था।

अन्ना! एक कॉफी मुझे भी... मनोहर ने अन्ना को साथ के साथ ही एक कॉफी का ऑर्डर थमा दिया। मैं

समझता हूं कि इस उम्र में सहानुभूति और अपनेपन की जरूरत ज्यादा होती है।

सच कहते हो... मदुरा ने मनोहर की बात में सहमति जताई। वाइरल विडियो का असर सब पर था।

युवा जोश... हवा लगते ही सुखी लकड़ी सा भभक कर अंगार हो गया।

लंच आवर के खत्म होते-होते ऑफिस के सात आठ लोग एकमत हो कर एकजुट हो चुके थे। अब तो बस ये सोचना था कि बुजुर्गों के लिये काम कैसे किया जाए। बात कल फिर लंच टाइम तक टल गई। घर आते हुए अतिरेक खुश था कि उसके हाथों कुछ अच्छा काम हो गया। चाहे उसकी सोच उस वाट्स ऐप विडियो से ही आई हो।

अगले दिन लंच आवर में लंच आज बड़ी तेजी से खत्म हो गया और वृद्ध सेवा दल के सदस्य कैन्टीन की एक गोल मेज के आस पास कुछ बैठे कुछ अपने लिए कुर्सियों का जुगाड़ कर के जमा हो गए।

हमें किसी वृद्ध आश्रम में जा कर कुछ दान करना चाहिए... अनंत बोला

कंबल... मनोहर ने झट से सुझाया

माउथ फ्रेशनर मुंह में डालती हुई दीक्षा बोली... ये आगरा नहीं बंगलौर है। अतिरेक ने मनोहर के कंधे पर एक धौल जमा दिया।

अगर देना है तो किसी ओल्ड ऐज होम में काम की चीजें दो... जैसे एक टाइम का खाना सपांसर कर दो... या फिर लंगर लगा दो... परमीत सिंह जी ने दीक्षा की तरफ माउथ फ्रेशनर लेने के लिए हाथ बढाते हुए कहा। हमारे सिखों के तो हर गुरूद्ध्दरे में लंगर लगाता है।

हूं... कुछ सहमति के स्वर सुनाई दिए तो कुछ गर्दने घूमी और आंखें एक दूसरे की आंखों में असहमति से झांक गई।

खाना स्पांसर करना कितना मैकेनिकल सा लगता है... नो ह्युमन टच...और लंगर तो एक दिन लगाओगे ना...

मेरे हिसाब से तो लंगर... अच्छा होता है। सभी खाते हैं... सबके पेट को अन्न मिलता है। चाहे बच्चा हो या बुजुर्ग। परमीत बोला

ये कोविड टाइम है परमीत जी... लंगर नहीं हो सकता... अतिरेक ने जैसे परमीत के लंगर प्लान पर ब्रेक लगा दी।

हूं... ये भी सही है। परमीत के चेहरे पर मायूसी तैर गई।

कुछ और भी तो दे सकते हैं... जैसे दवाइयां... बिस्कुट... मदुरा भी सोच के सागर से बाहर आ कर बोली।

या फिर अडल्ट डायपर, हियरिंग ऐड, सपोर्ट वाकिंग स्टिकस्... सजल जो अभी तक साइलेंट मोड में सबकी बातें सुन रहा था मदुरा की बात से बात पकडते हुए अपने विचार जोड़ कर बोला।

हूं... सोच अच्छी है पर... इसके लिए फंडस् ज्यादा लगेगें...... अतिरेक ने अपनी बुद्धि का परिचय दिया।

हम मिल कर पैसे इकट्ठा कर सकते हैं... क्या दिक्कत है। मनोहर ने परमीत से माउथ फ्रेशनर लेते हुए कहा। परमीत ने भी हां में हां मिला दी।

अब बात यहां पर थी कि कितना पैसा कौन देगा और उसे कोई सबका विश्वासपात्र संभाले और हिसाब रख कर सबको अवगत भी करवाता रहे।

सबकी नजर मदुरा की ओर घूम गई। ऑफिस के प्रोजेक्ट्स् की बजटिंग भी उसी के पास होती है।

यार मुझसे तो घर, ऑफिस और बच्चे ही बड़ी मुश्किल से मैनेज होते हैं। तुम्हें तो पता है मेरा घर तो सास के सहारे ही चलता है। सुबह का खाना मैं बनाती हूं और शाम का सासू मां। मदुरा सबकी आंखें अपनी ओर घूमती देख कर बौखला सी गई।

चलो सोचते हैं। बाकी बातें कल प्लान करते हैं। दीक्षा ने अपना माउथ फ्रेशनर जेब के हवाले करते हुए कहा। आज का लंच आवर तो खत्म हो गया।

सब एक एक कर के सब केन्टीन से निकलने लगे और गोल मेज अकेली रह गई। उस पर रखे बर्तन भी अभी तक अन्ना नहीं समेट पाए थे। स्वामी अन्ना पिछले चालीस सालों से कैन्टीन में काम करते थे। ऐसी बातचीत उन्होंने भी पहली बार सुनी थी। मन में खुश हो रहे थे। कुछ अच्छी बातें हो रही थी। उनका बेटा

नौकरी करने दिल्ली चला गया था और एक पंजाबी लडकी से शादी कर के वहीं बस गया था और उम्र का ये दौर अपनी बीमार पत्नी के साथ वो अकेले तय कर रहे थे। इस उम्र में सहानुभूति और अपनेपन की जरूरत कुछ ज्यादा होती है, ये बात वाइरल विडियो ने सब को समझा तो दी थी। पर सच में कितने लोग कितना समझे थे... ये सोचने का विषय है।

यूं तो कुछ न कहने की आवाज बुंलद होती है
पर आज कल बिन कहे सुनता ही भला कौन है

तजुर्बा, किस्से, कहानियां
ख़ुशियाँ और परेशनियाँ
पढ़ों इन उम्र की लकीरों को
जिनसे अटी हैं ये पेशानियाँ

बोरिंग

पडोस वाले घर में दो लड़कियां आई हैं शिफट हो कर। इतवार के दिन विभा सुबह बाल्कनी में रखे गमलों में पानी देने गई तो देखा। एक सांवली सी थी, पर सुंदर सी लगी। एक कंधे पर नीचे झूलती छोटी सी टी शर्ट और बिलांत भर की निक्कर... नहीं शाट्स पहने। बेतरतीबी से बालों को सर के उपर समेटे। दूसरी का चेहरा दिखाई नहीं दिया। विभा की तरफ उसकी पीठ थी। अभी घर का सामान सेट हो रहा होगा शायद। नरोत्तम बाल्कनी में बैठे सुबह की धूप ले रहे थे। उनके लिए सुबह की कच्ची धूप जरूरी थी। विटामिन डी मिलता है ना। डाक्टर ने रोज सुबह सूरज उगने से ले कर धूप के कड़े हो जाने तक इन्हें धूप सेकने की हिदायत दी है।

भरे पूरे घर में भी विभा और नरोत्तम अकेले ही हैं। बहू सुमेधा डाक्टर है और बेटा सुयश नेवी में है। दोनों के काम ऐसे हैं कि उन्हें अपने बच्चों को बचपन से ही

होस्टल में रखना पड़ा। अब तो पोती सिया एमबीबीएस कर रही है और पोता शार्दूल लंदन में उच्च शिक्षा के लिए चला गया है। विभा और नरोत्तम को बच्चों से आदर और सम्मान के साथ-साथ अकेलापन भी मिला। पड़ोस में दो बच्चियां आ कर रहने लगीं तो देख कर अच्छा लगा। पहले जो थे वो शायद किसी कॉल सेन्टर में काम करते थे। रात भर काम और दिन में सोना। कभी लगा ही नहीं कि कोई पड़ोस में रहता भी है।

आज कल की दौड़-भाग भरी जिन्दगी में पड़ोसियों से बात करने का मौका कहां मिलता है भला। उस इतवार के बाद दो तीन दिन और निकल गए, पड़ोस के घर से कोई खास आवाज नहीं आई। न हीं उनमें से कोई लड़की कभी अपने पड़ोसियों से मिलने आई। चाय का घूंट भरती हुई विभा एक दिन यूं ही बोल पड़ी।

बिजी होगीं... नरोत्तम ने दलिया खत्म कर प्लेट उठाते हुए कहा।

हां... हो सकता है।

वैसे भी आज कल कौन किससे मिलना चाहता है। सब अपने में ही खुश हैं। नरोत्तम भी विभा के साथ बालकनी में बैठे चाय का मजा ले रहे थे।

हां खुश ही रहें तो अच्छा है ना... कौन चाहता है कि कोई भी दुखी रहे।

तुम तो बस फिलॉसफर बन जाती हो।

विभा ने नरोत्तम की ओर देखा और मुस्कुरा कर उठ गई, खाली चाय के प्याले और दलिया की प्लेट किचन की सिंक में रखने के लिए।

बदलते समय के साथ संयुक्त परिवारों वाले बड़े घर खत्म हो गए। लेकिन इन मल्टी स्टोरी बिल्डिंगों में कई घरों के साथ होने की वजह से एक बहुत बड़े घर का अहसास होता है। एक ऐसा घर जहां सब साथ-साथ हो कर भी अपने-अपने में रहते हों। किसी से कोई लेना देना नहीं। घरों के बीच की दूरी कम होनें की वजह से सामने वाले घर का दरवाजा खुलता तो पता चलता कि कोई है साथ वाले घर में भी।

इतनी पास रह कर भी उन दोनों लड़कियों को कभी सामने से देखा नहीं था। कभी-कभी आवाज जरूर सुनाई दे जाती थी। काम वाली बाई ने बताया कि उन लड़कियों ने घर के काम के लिए उसे रखने से मना कर दिया।

मर्जी उनकी... विभा ने कहा। बच्चे हैं काम ही कितना होता होगा?

क्या पता मांजी! आज कल की लड़कियां वैसे काम को हाथ ही कहां लगाती है।

फिर तो बड़ी सुघड़ होंगी, सारा काम खुद करती है।

हो सकता है मांजी! मैंने सुना है कि वो किसी से नहीं मिलती जुलती।

ठीक है... जैसा उन्हें ठीक लगे। विभा ने पड़ोसी पुराण बंद करने की गरज से कहा।

उस रात सोने से पहले दरवाजा चेक करने विभा मेन डोर के पास पहुंची तो पड़ोस की एक लड़की की आवाज सुन कर ठिठक गई।

हां हां नहीं करती मैं किसी से बात... क्या पता कौन कैसा हो... तुम चिंता मत करो...

उधर से क्या आवाज आई पता नहीं... पर इस आवाज ने आगे जो कहा वो विभा को चुभ सा गया।

ज्यादा दोस्ती भी प्रॉब्लम करती है। वैसे भी काफी बूढ़े लोग हैं, बोरिंग, ओल्ड स्कूल, इन्टरफेयरिंग तो होगें ही... तुम चिंता मत करो...

विभा ने ये बात नरोत्तम को बताई तो वे मुस्कुरा दिए। ठीक ही तो कह रही थी। तुमने अपनी पोती को भेजा था तो कितनी नसीहतें दीं थीं... याद है?

अरे पर हम क्या ऐसे-वैसे दिखते हैं? विभा लाइट ऑफ कर चादर ओढ़ते हुए बोली।

पर मां बाप तो यही सिखाते हैं ना... उन बच्चों के मां बाप को क्या पता कि उनके पड़ोस में तुम रहने वाली हो... चलो भगवान का नाम लो और सो जाओ अब... तुम अपने बच्चों से ज्यादा पड़ोसियों के बारे में सोचने लगी हो।

समय गुजरता गया और विभा का अपने नए पड़ोसियों से मेल जोल का अरमान मन में ही रह गया। कभी-कभी वो उन्हें दूर से जाते आते देखती। पता नहीं पढ़ने आई थी या नौकरी करने। कपड़ों से तो लगता था कि आज कल की मॉर्डन लड़कियां है। एक्स्ट्रा मॉडर्न, वो बिलांत भर की नेकर... और एक कंधे पर से झूल कर नीचे गिरता बनियान जैसा कुछ।

नरोत्तम विभा के इस डिसक्रिप्शन पर अक्सर हंस देते थे। सुखदा और सीया भी तो जमाने के साथ आसान और सुविधाजनक कपड़े पहना करते थे। तुम दूसरों को देख कर अपनी चिन्ता मत बढ़ाया करो।

शनिवार का दिन था। पास वाले घर में शायद कुछ चहलपहल थी। देर रात तक हंगामा चलता रहा। एक दो बार विभा का मन हुआ कि उनको जा कर कहें कि म्युज़िक जरा धीमा कर लो। पर नरोत्तम ने रोक दिया। शोर में विभा को सोने में तकलीफ होती है। रात के शायद ढाई बजे तक विभा बिस्तर पर करवटें बदलती रहीं।

नींद को झोंका अभी छू कर गया ही होगा कि जोर-जोर से चीखने की आवाजों ने नरोत्तम और विभा को झकझोर दिया। आवाज पड़ोस से ही आ रही थी। नरोत्तम ने तेजी से उतर कर पांवों में चप्पल पहनी और कुछ ही पलों में वो दरवाजे के बाहर थे और पड़ोसी की डोर बेल बजा रहे थे। पीछे-पीछे विभा। चीखने की आवाज थम सी गई। फिर कुछ घिसटते कदमों की आवाज आई और दरवाजा खुल गया। सामने वो सांवली लड़की थी। बेतरतीब कपड़ों और बालों वाली। उसने हमारी और देखा और दौड़ कर बाथरूम की तरफ भागी। अंदर का नजारा अजीब था। बिखरा हुआ घर... इधर उधर पड़ी खाने पीने की चीजें और सोफे पर दर्द से कराहती एक गोरी सी लड़की। विभा भाग कर उसके पास पहुंची तब तक अंदर से उल्टी करने की आवाज ने विभा को बाथरूम की तरफ भागने पर मजबूर कर दिया। नरोत्तम ने सोफे पर कराहती लड़की के पास झुक कर बात करने की कोशिश की

किडनी में स्टोन है... उसका पेन बढ़ गया है। कराहती हुई लड़की बड़ी मुश्किल से बोली तो... फिर?

दर्द की तेज लहर ने उसे दोहरा कर दिया।

मैं डाक्टर को फोन करूं या हॉस्पिटल चलें?

कुछ भी अंकल... वो हाथ से अंदर वाले कमरे की तरफ कुछ इशारा भी कर रही थी पर नरोत्तम को कुछ समझ नहीं आ रहा था। सिवाय इसके कि वो गाड़ी निकाले और इसे अस्पताल ले जाए। अब तक विभा दूसरी लड़की को सहारे से ला कर सोफे पर बैठा चुकी थी। बड़ी प्यारी सी बच्ची थी पर चेहरा इस समय सफेद हो रहा था। सोफे की बैक से उसे टिका कर विभा किचन की तरफ गई जो ड्रॉइंग रूम से भी ज्यादा बिखरा हुआ था। किसी तरह उसने चाय के कप में नीबू पानी बनाया और उसको पिलाया। नीबू पानी पी कर शायद उसे कुछ बेहतर महसूस हुआ तो उसने विभा से धीमें से कहा अंदर टेबल पर पहली दराज में शीनु की दर्द की दवा है।

विभा और नरोत्तम ने मिल कर उन दोनों को उठाया, दवा खिलाई और फिर उनके कमरे में बिस्तर पर लिटा दिया और खुद बाहर सोफे पर जगह बना कर बैठ गए।

कमरे में बिखरा सामान सारी कहानी कह रहा था। दोनों को समझ नहीं आ रहा था कि अब क्या करें। घड़ी पर नजर डाली तो सुबह के चार बज रहे थे।

चाय पीयोगी... नरोत्तम ने सर पर हाथ धरे बैठी विभा से पूछा।

यहां...?

तुम बैठो... मैं घर से बना कर लाता हूं... कहते हुए नरोत्तम उठ खड़े हुए। शायद उनके सर में भी दर्द हो रहा होगा।

मैं भी चलती हूं... दूसरे के घर में यूं बैठे रहने में वो भी हिचक सी रही थीं।

ठीक है... हम बाहर के कमरे में ही बैठेंगे। ताकि कोई भी आवाज हो तो तुरंत पता चल जाए। नरोत्तम बोले।

रात आंखों में ही कट गई। सुबह रोज के काम निपटाते हुए भी दोनो बारी बारी पड़ोस के घर में झांक आते। दोनो बच्चियां गहरी नींद में थीं। दोपहर होने को हुई तो विभा को पड़ोस के घर में कुछ खटपट सुनाई दी तो वो लपक कर दरवाजे पर जा पहुंची। शीनु दरवाजे पर ही थी।

थैक्स आंटी!

अब कैसा लग रहा है? सवाल के जवाब में विभा के मुंह से सवाल ही निकल गया।

बेटर हूं आंटी... कल अचानक... ही दर्द हो गया।

और तुम्हारी वो...

राम्या अभी सो रही है। कल पार्टी में...

कोई बात नहीं बेटा... चाय पीयोगी... शायद बेहतर लगे...

आप परेशान होंगी... शीनु के चेहरे पर एक कमजोर सी मुस्कुराहट थी।

तुम दोनों के लिए चाय भेजती हूं और हम लोग अपने लिए भी खिचड़ी बना रहे हैं। तुम भी खा लेना। इस समय हल्का खाना अच्छा होगा।

अरे आंटी मैं कर लूंगी मैनेज...

कल से कर लेना मैनेज... आज आराम कर लो...

कुछ देर बाद शीनु और राम्या, विभा और नरोत्तम के साथ सोफे पर चाय के साथ सूजी के सूखे रस्क खा रहे थे।

दोपहर को जब विभा खिचड़ी देने गई तो उनका घर काफी संभला हुआ था। राम्या ने विभा को बैठने के लिए कहा और खुद शीनु को बुलाने चली गई।

आप अगर कल रात... शीनु की आवाज में संकोच भरा हुआ था।

तुम दोनों तो मेरे पोते पोतियों जैसे हो...? मैं तो अक्सर तुम दोनों को देखने की कोशिश करती थी। पर शायद तुम्हारे टाइमिंग हमसे कभी मिले नहीं। चलो कल तुमसे मुलाकात हो गईं।

अब अक्सर मिलेगें आंटी। हमें लगता था कि...

हम बोरिंग होगें...

नहीं आंटी... वो... राम्या ने शीनु की ओर देखा।

ओल्ड स्कूल होगें...

आप... शीनु हकला सी गई...

इन्टरफेयरिंग तो होगें ही... विभा ने खिलखिलाते हुए कहा।

आंटी... प्लीज... शीनु और राम्या के चेहरे पर शर्मिंदगी फैल गई। अरे तुम अदरवाइज मत लो...... मैं तो... बस

बस आंटी अब बस ही कर दो...... प्लीज... राम्या बोली

चलो ठीक है... विभा बोली

थैक्यू आंटी... राम्या और शीनु एक साथ बोल उठे।

माहौल बदल गया था। दीवार ढह चुकी थी। बोरिंग ओल्ड पीपल अब केयरिंग नेबरस् हो गए थे।

कहानी ७

जितना गहरा रंग प्रेम का
उतनी गहरी पीर प्रेम की

प्यार की पकड़

प्रेम शक्ति देता है, ऐसा मैंने पढ़ा और माना था, पर इति के जन्म के बाद मेरी धारणा बदलने लगी। कुछ हो जाने का डर दिल को जकड़े रखता था। सच कहुं तो इति और फिर निर्वाण के जन्म के बाद से ही मुझे लगने लगा कि प्यार ताकत नहीं देता कमज़ोर बना देता है। इति और निर्वाण में जान जो बसती थी हम दोनों की, जैसे पौराणिक कथाओं वाले राक्षस की जान तोते में बसती थी। ये मेरी अपनी सोच है, हो सकता है किसी और की न भी हो। आज सुबह इति से मधु की बातचीत सुन कर ये सोच और मज़बूत हो गई कि प्रेम की पराकाष्ठा ... डर के साथ साथ दूरियों को भी जन्म देती है।

मम्मा! मुझसे कहा क्यों नहीं... इति की आवाज़ में नाराज़गी और क्रोध का पुट था। और मधू खामोश थी।

अगर मैं न देखूं तो आप मुझे बताएंगी ही नहीं...

मधू अब भी खामोश ही थी... पता नहीं क्या सोच रही थी। सागर की आँखों में पिछला वाक़या घूम रहा था।

घड़ी में रात के साढ़े बारह बज रहे थे। सागर ने डायरी के पन्ने के बीच बुकमार्क लगा कर, डायरी बंद कर दी। लिखने का मन नहीं कर रहा था। टेबल लैंप बुझा कर सागर बिस्तर पर आ कर बैठ गये। मधू गहरी नींद में थी। सुबह सूरज से रेस जो लगानी होती है उन्हें। नर्म रजाई से अपने को ढंकते हुए भी मन न मालूम किस से बातें कर रहा था।

गुजरते सालों के साथ ये समझ आ गया कि रिश्तों की पकड़ आत्मा से शरीर की पकड़ से ज्यादा मजबूत होती है। इतने सालों में मधू और सागर एक मन एक मत हो चुके थे, पर उनके अपने शरीर ने उनका साथ देने में कोताही शुरु कर दी थी। मधू अब तक सत्तर बसंत पार कर चुकी थी और सागर तिहत्तर बसंत देख चुके थे। निर्वाण रंगों की दुनिया में अपनी पहचान बनाने निकल चुका और इति अपने ससुराल की हो चुकी। खुद से बातें करते करते न जाने कब सागर नींद की गोद में जा समाए।

चाय! रोज की तरह मधू की आवाज से सागर की नींद खुली।

तुम आज भी उठ गई... मैंने कहा था ना कि चाय मैं बनाउंगा आज... सागर ने बिस्तर में लेटे लेटे ही कहा।

देर रात तक डायरी से आशिक़ी निभाओगे तो सुबह कैसे उठोगे... मधू चाय का प्याला पास की मेज पर रख कर पलटते हुए बोली।

अच्छा अब तो बैठ जाओ... मैं बाकी सब देख लुंगा... सागर ने मधू को रोकने की कोशिश करते हुए कहा।

तुम चाय पियो... मैं अपनी चाय भी उठा लाती हूं। कहते हुए मधू रसोई की ओर बढ़ गई। पिछले कुछ दिनों से मधू की तबियत ठीक नहीं... कल ही वो अपने सारे टेस्ट करवा कर आई है। सागर चाय का घूंट भरते हुए सोच रहे थे। अब तक तो रिपोर्ट भी आ गई होगी। सागर के हाथ स्वतः ही मोबाइल की ओर बढ़ गए। अभी मोबाइल उठाया ही था कि मधू अपनी चाय उठाए आती दिखाई दी।

अब चाय तो चैन से पी लो... मोबाइल में झांकते देख कर मधू ने सागर से कहा।

तुम्हारी रिपोर्ट देख रहा हूं... इसी के पीछे तो बहस हुई थी ना इति से...

बच्चे आज कल कुछ सुनना ही नहीं चाहते... समझ तो क्या खाक आएगी। वहीं बेड पर टेक लगा कर बैठ गई मधू।

पर क्या गलत कह रही थी वो। सागर ने मोबाइल साइड में रख दिया... शायद रिपोर्ट अभी आई नहीं थी।

तो क्या मैं गलत कह रही थी... मधू ने चाय का एक घूंट भरा।

उसे अपना काम, घर-परिवार, सभी कुछ तो देखना है... सागर ने चाय खत्म कर के कप रखते हुए कहा

इसीलिए तो... कहां कुछ कहती हूं उस से... मधू फिर से कल वाली टीस को महसूस करने लगी थीं।

पर तुम जो कर रही हो... सही है?... सोचा है? सागर भी शायद इसी कोशिश में थे कि घाव खुल ही जाए... मवाद बह जाएगा तो घाव जल्दी सूखेगा।

किसके लिए कर रही थी... तुम ही तो अभी कह रहे थे न...कि उसे अपना काम, घर-परिवार, सभी कुछ तो देखना है...मधु ने सागर की बात उसी को लौटा दी।

अच्छा तो अब कब जाना है तुम्हें... सागर ने बात को वहीं विराम देने के लिए कहा। पता नहीं... मधु अभी भी अपनी उहापोह से बाहर नहीं आ सकी थी।

दिन गुजर गया। आज इति आई नहीं। दो दिन से उसकी काम वाली बाई छुटटी पर थी। आफिस भी नहीं जा सकी थी। सर्दियों के दिनों में यूं भी घर के काम बढ़ जाते हैं। रात को डायरी के बुक मार्क को हटाने के बाद सागर की कलम फिर पूरा दिन जीने को तैयार थी। बातचीत और बहस में दिमाग के दरवाजों के खुले और बंद होने का ही फर्क होता है। पर ये बहस तो फिर से उसी पाश में जकड़ी हुई थी जिसे हम प्रेम और वात्सल्य कहते हैं। इति हमेंशा से मधु

की लाडली रही है। बेटियां कैसे भी भावनात्मक तौर पर मां से जुड़ी होती हैं। ये बात और है कि बेटियों की दादागिरी पिता पर ज्यादा चलती है। मैं जानता हूं कल सुबह सुबह ही वो यहां आ धमकेगी। डायरी से दोस्ती निभाने के बाद, मोबाइल में आलर्म सेट कर के सागर ने अपने तकिये के पास रखा और खुद को लिहाफ के हवाले कर दिया। सुबह की चाय मधू से पहले उठ कर उन्हें ही बनानी थी न।

मधू अभी नहा कर ही निकली थी कि दरवाजे पर घंटी बजी। सागर जानते थे कि इति ही होगी और वही निकली।

मम्मा कहां है? दरवाजे से भीतर घुसते ही उसका ये सवाल था।

नहाने घुसी थी सत्ताइस मिनट पहले... सागर ने जवाब दिया

आप मिनट गिन रहे हैं?... इति अपना बैग साइड में रखे टेबल के हवाले करते हुए बोली। हां कल मैंने तुम्हारी मम्मी को कहा था कि आधा घंटा लगाती हो नहाने में, तो उन्होंने माना नहीं था।

लो मैं बाहर आ गई। पापा की बात खत्म भी नहीं हुई थी कि मधू नहा कर बाहर आते हुए बोलीं। एक हाथ में गीला तौलिया और दूसरे में सुखाने वाले कपड़े उठाए।

इति ने उन्हें देखते ही उनके हाथ से कपड़े ले लिए और पीछे के गार्डन में सुखाने चली गई। अभी आधा घंटा नहीं हुआ है सागर साहब। बालों को तौलिए से पोंछती मधू बोलीं।

धूप का एक तिकोना टुकड़ा डाइनिंग टेबल के पास झांक रहा था। मधू वहीं खड़ी हो गई। सर्दियों में नहाने के बाद धूप में खड़े होना अच्छा लगता है। सागर ने अपनी रॉकिंग चेयर पर बैठ कर अख़बार उठाया और फिर वापस रख दिया। इति आई है तो उससे बात कर लेंगे... पेपर तो उसके जाने के बाद भी पढ़ा जा सकता है।

बालों को सुखाते-सुखाते मधू पास रखे फलास्क में से चाय कप में उड़ेल रही थी कि इति कपड़े फैला कर वापस आ गई।

मॉम कब चलना है... इति ने अपने लिए भी कप में चाय डालने के लिए फलास्क मधू से ले लिया।

अरे... नहीं... वो काम तो कल हो गया था। अब आज कहीं नहीं जाना। मधू ने चाय का सिप लिया और चाय की गर्माहट महसूस करते हुए आंखें बंद कर लीं। गर्म चाय सुकून दे रही थी।

पर आप तो कह रहीं थी कि अभी कुछ टेस्ट बाकी हैं... इति भी अपनी चाय का प्याला ले कर मधू के पास ही धूप में बैठते हुए बोली।

नहीं बेटा जो टेस्ट हो चुके हैं उनकी रिपोर्ट डाक्टर को दिखा लूं... फिर जो वो बताएगें उसी हिसाब से टैस्ट करवा लेंगे। और क्या आज भी छुटटी ली है तुमने...?

नहीं मम्मीं... पर ऑफिस लेट जाना है। इति ने सामने रखी मेज पर पांव फैला कर बैठते हुए कहा। आप कल की बात पर आज भी नाराज हैं क्या...?

अरे नहीं... तुमसे क्या नाराज होना...

मम्मा जब मैं और निवार्ण छोटे थे तो आप सारे काम प्लान कर के किया करते थे। लेकिन अगर अचानक से हमें स्कूल से जल्दी लाना पड़ जाता था या कोई और काम अचानक आ जाता था तो आप भी परेशान हो

जाया करती थीं ना? मुझे आज भी याद है बड़ी दादी के अचानक आ जाने पर आप अपनी दवा तक खाना भूल गई थी। कितनी दिक्कत हुई थी तब...

अरे मैंने कुछ कहा क्या तुझे...? मधू ने इति की ओर देखते हुए कहा।

नहीं कहा... यही तो परेशानी है। जिस काम के लिए आप आना जाना कर रही हैं ना वो ऑन लाइन भी हो सकता था। आज कल पब्लिक ट्रांसपोर्ट से जाना कितना सेफ है आप खुद भी तो समझतीं हैं। पहले की बात और थी पर अब घर से बाहर निकलना...।

पर बैंक... मधु के शब्द बीच में ही रूक गए। इति कुछ बोलने दे तब ना।

बैंक का काम था... तो मुझे बताना था ना... मुझे परेशानी होगी ये सोच कर मुझे बातें न बताना मुझे ज्यादा पेरशान करता है मम्मा। मुझे ज़्यादा सचेत रहना पड़ता है।

सागर दूर रॉकिंग चेयर पर बैठे मां बेटी की बातें सुन रहे थे। अब ये बात दोनों मिल कर ही सुलझा लें तो बेहतर होगा।

और सिर्फ बैंक ही नहीं आप अपना ब्लड टेस्ट भी करवा कर आई हैं ना...

तो जब उस तरफ गई थीं तो ये काम भी करवा लिया। बैंक के साथ ही तो है लैब भी... मधू ने सफाई दी।

क्यों बात को ढंक रही हैं। पिछली बार आपकी तबियत खराब थी और मैंने दो दिन फोन नहीं किया तो आपने बताया भी नहीं।

तब तेरी नन्द की शादी की बात चल रही थी। तो मैंने सोचा...

मम्मा प्लीज़... तबीयत अगर ज्यादा बिगड़ जाती तो क्या होता... तब कैसे संभालती मैं नन्द की शादी।

छोटी छोटी बातों के लिए... क्या परेशान करना... मधू अब भी सफाई दिए जा रही थी।

मम्मा जिम्मेदारियां आप पर भी थीं जब हम छोटे थे, अब हम पर हैं... तो मिलजुल कर क्यों न पूरी कर लें।

पर मैंने सोचा...

मत सोचो... जब आपके सोचने का समय था... तब आप सोचती थीं... अब आपने मुझे सोचना सिखा दिया है।

पर... मधू ने कुछ कहने के लिए मुंह खोला ही था कि इति ने उसकी बात बीच में ही रोकते हुए कहा। आपने ही कहा था ना... सबके अपने हिस्से के काम होते हैं। तो प्लीज अगर आप चाहती हैं कि मैं अपनी सारी जिम्मेदारियां सही तरह से निभा सकूं तो मुझे प्लान करने का मौका तो दीजिए। आपके न बताने से मुझे ज्यादा परेशानी होती है मम्मा।

मधू चुप थी... कैसे उम्मीद करे कि उनकी बेटी दो परिवारों की जिम्मेदारियां संभाल ले। जिस प्यार की पकड़ सबसे मजबूत होती है वही प्यार गूंगा भी तो कर देता है।

इति दो घंटे बिता कर अपने ऑफिस चली गई। हर ज़रूरत को शेयर करने की ढेरों नसीहतें दे कर। सागर देख रहे थे कि मधू दोपहर बाद से ही येलो पेजेस में कुछ ढूंढ रहीं थीं।

क्या ढूंढ रही हो?

होम कलेक्शन के लिए पैथ लैब का नंबर......

घड़ी की सूइयों पर बैठ कर
आओ समय से पंगा ले फिर

मेरा कल तुम्हारा आज

बाय बाय बाबूजी! कह कर दिवस घर से बाहर निकल गया। बच्चे सुबह सात बजे ही स्कूल जा चुके थे। बहू मीरा उन्हें छोड़ते हुए ही आफिस चली जाती है। यूं तो काफी काम समेट कर जाती है फिर भी बहुत कुछ रह जाता है जिसे दिवस समेटता है।

बेटा बहू दोनों पढ़े लिखे और अपने अपने कामों में सफल है। फिर भी लगता है कि आजकल बच्चों की जिन्दगी भी कैसी हो गई है। अपने और अपनों के लिए तो समय ही नहीं है। आफिस से आ कर बच्चों के हॉबी क्लास, होमवर्क के बाद सब अपने कामों पर लग जाते है। कान पर मोबाइल फोन दबाए तो कभी लैपटॉप पर काम करते-करते घर के जरूरी कामों को निपटाना... अक्सर नाश्ता खाना भी चलते-चलते या काम करते-करते ही होता है। एक दम मशीनी सा... कैसा लाइफस्टाइल है।

राधिका जी को बच्चों की व्यस्तता समझ आती है। पर कभी-कभी अपने और आजकल के बच्चों के टाइम मैनेजमेंट में छिपे अंतर को विश्लेषित करती कुछ परेशान सी हो जाती है। अपने समय में वो भी तो मंत्रालय में अच्छे पद पर काम करती थी। पर हां घर आने के बाद बैठक के कोने में कार्नर टेबल पर किरोशिये के मेज़पोश पर सजा कर रखे फोन पर कभी-कभी ही घंटी बजा करती थी। अक्सर कोई बेहद जरूरी काम हो तो... बाकी समय परिवार के कितने ही कामों में निकल जाता था पता ही नहीं चलता था।

श्याम सहाय स्कूल से प्रिंसपल रिटायर हुए थे। स्कूल के बाद दिवस और रैना के साथ व्यस्त हो जाते थे और अम्मा बाबूजी हमेशा साथ ही होते थे। उन्होंने कभी अपने आप को अकेला नहीं समझा। जिम्मेदारियां हम पर भी थीं... पर कमी कभी महसूस नहीं की। दिवस और रैना के पिताजी अम्मा बाबूजी के साथ शाम की चाय पीते तो वहीं जैसे बीते कल, आज और आने वाले कल की चर्चाएं हो जाती थी। बड़ी जिज्जी की होली, और ताउ जी के बड़े बेटे के लगन की प्लानिंग सबकुछ रोजमर्रा की बातचीत में शामिल होता था। होली के

बाद दीवाली और बड़े बेटे के ब्याह के बाद उनके घर परिवार की बातें कभी खत्म ही नहीं होती थी।

अम्मा! चाय थरमस में रखी है और पराठें हॉट केस में... आलू परवल की सब्जी माइक्रोवेव में गर्म कर लेना। दिवस ने लैपटॉप बैग कंधे पर टांगा और कार की चाभियां उठाए नौ दो ग्यारह होते हुए कहां।

राधिका के कपड़े तह लगाते हाथ रूक गए। श्याम भी अखबार से सर उठा कर जाते हुए दिवस को देखने लगे। और पापा... आप दवा टाइम पर खा लेना... मैं अगर फोन नहीं कर पाया तो प्लीज भूलना मत... आज बहुत सारी मीटिंगस् है।

जा... हमारी चिन्ता मत कर... श्याम ने अखबार साइड करते हुए कहा, पर उनकी बात पूरी होने से पहले दिवस गाड़ी में बैठ चुका था। श्याम के शब्द बीच में ही रह गए और चेहरे पर एक उदासी की परत तैर गई। राधिका की नज़र से आंखें छुपाते हुए उन्होंने दोबारा अखबार की आड़ लेने की कोशिश की पर राधिका ने वो मायुस निगाहें ताड़ ली थी।

श्याम को लगा जैसे उसकी चोरी पकड़ी गई हो। अब ये आवाज़ शाम को सुनाई देगी... अपनी खिसियाहट छिपाते हुए वो राधिका से बोले।

क्या करें... अब वो भी तो दिन रात काम में लगे रहते हैं... आज कल महंगाई भी तो...

ज़रूर ज़रूर... हमारे टाइम पर मंहगाई थी ही नहीं... राधिका! हर समय अपने हिसाब की मंहगाई झेलता है। हर व्यक्ति का समय अपने लिए कठिन होता है। पर इसका मतलब ये तो नहीं कि हम अपनी जिम्मेदारियों को भूल जाएं। श्याम जैसे सारा लावा उगलने को तैयार बैठे थे।

क्यों अपना मन दुखी करते हो...? राधिका ने तह किए गए कपड़ों को एक किनारे पर रख और उठ कर श्याम के पास जा कर बैठते हुए बोली। क्या तुम नहीं जानते कितने बुजुर्ग आज भी वृद्धाश्रमों में रहते है। हमारे बच्चे हमारे खाने पीने, दवा आराम सबका ध्यान रखते है। सम्मान करते हैं। क्या इतना ही हमारे लिए काफी नहीं...

समझा लो खुद को... अच्छा है... तकलीफ कम होगी... श्याम की आवाज में तलखी झलक रही थी।

तुम ये भी तो समझने की कोशिश करो कि यही जीवन चक्र है। हम परिवार और काम के बीच तालमेल बैठा पाए थे और आज के ये बच्चे समय के साथ तालमेल नहीं बैठा पा रहे। कल को जब ये हमारी उम्र में आएगें तो इन्हें पता चलेगा कि माता पिता पूरा दिन अपने बच्चों की आवाज सुनने के लिए इंतजार करते हैं।

पर तब तुम और मैं होगें क्या? श्याम की आवाज दरकने लगी थी।

नहीं होंगे पर हमें इस बात का अहसास उन्हें करवाना होगा...

कैसे???

बस देखते जाओ...... राधिका ने तह किए हुए कपड़े उठाए और कमरे की ओर बढ़ गई।

शाम को दिवस और मीरा जब आफिस से लौटे तो राधिका मनु और रेशू के साथ एक पुरानी एलबम

खोले बैठी थीं। अचानक रेशु की नज़र अपने पापा की बचपन की तस्वीर पर पड़ी जिसमें वो एक घड़ी हाथ में लिए थे और दूसरे हाथ में घड़ी की सूई थी।

पपा आपने घड़ी तोड़ दी थी... रेशू अपने पापा से बोली...

दिवस ने एक नज़र फोटो पर डाली तो अनायास ही उसके कदम अम्मा और बच्चों की ओर बढ़ गए। तोड़ी नहीं थी टूट गई थी... दिवस हसंते हुए बोले और पास ही सोफे पर आ कर बैठ गए।

नहीं रेशु... तुम्हारे पापा ने घड़ी तोड़ी नहीं थी। वो तो टाइम को आगे बढ़ा रहे थे।

मतलब????

अब जिज्ञासू थे बच्चे और साथ ही मीरा भी... जो अपना लैपटॉप खोले कुछ काम करने की तैयारी में थी। गैस पर चाय रखी थी और साथ-साथ हाथ मल्टीटास्किंग कर रहे थे। वो भी ठहर सी गई।

अब तो बातें सुनने में श्याम को भी मजा आ रहा था। राधिका मुस्कुराई और रेशु की ओर देख कर बोली... तुम्हारे पापा को बेसन की सब्जी और गुलाबजामुन बहुत पसंद थे पर तुम्हारे पापा के दादा जी के रूल के हिसाब से सबको साढ़े आठ बजे एक साथ डिनर करना होता था। अब दिवस गुलाबजामुन कैसे खाए...??? तो उसने घड़ी की सूई को आगे बढ़ा दिया था और इसी चक्कर में सूई इसके हाथ में आ गई थी।

फिर तो पापा को डांट पड़ी होगी???? मनु ने पूछा

नहीं! मुझे दो गुलाबजामुन मिले थे। दिवस चहक कर बोले। दादा जी ने मुझे एक गुलाबजामुन ज़्यादा दिया था। हमारे घर में सब एक साथ खाना खाते थे... बड़ा मजा आता था।

वो तो हम अब भी कर सकते हैं न पापा... मनु बोला...

चलो तो शुरूआत चाय से करते है। मीरा चाय की प्यालियाँ और बच्चों के लिए दूध ले कर वहीं पहुंच गई। हवा में मिठास घुल गई थी और श्याम राधिका की ओर देख कर मुस्कुरा रहे थे।

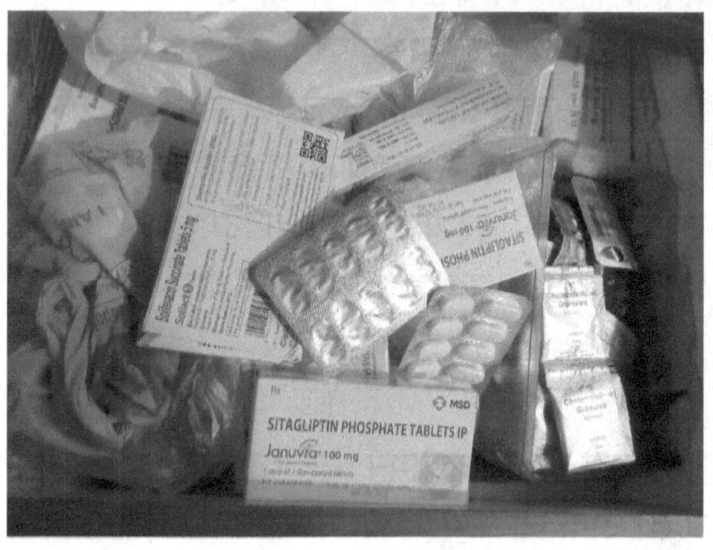

लहू के रंग पर कहां नाम रिश्तों का लिखा होता है
जो कोई दुख में साथ हो वही रिश्ता सगा होता है॥

दर्जा

देखिएगा... ये तो ठंडा नहीं हो रहा। अफरोज ने घंटी बजाने के दस मिनट बाद आई नर्स से कहा।

मैं देखती हूं...... एक भीनी सी मुस्कुराहट फेंक कर नर्स वहां से चली गई और अफरोज़ कमरे में रखे सोफा कम बेड पर बैठ कर अपना सामान सहेजने लगे।

आसिमा की धीमी सांसों की आवाज़ कमरे की स्तब्धता को लय में बांध रहीं थीं। उसके निस्तेज चेहरे पर अफरोज की आंखें ठहर सी गई।

अभी कुछ समय पहले की ही तो बात है मोबाइल ने चिंहुक कर अफरोज का ध्यान खींचा था। आसिमा घर में पौधों को पानी देते हुए फिसल कर गिर पड़ी थी। उम्र के इस पड़ाव पर कहीं कोई टूट फूट हो गई तो मुसीबत हो जाएगी। अफरोज घर पहुंचें उससे पहले ही पड़ोसी आसिमा को अस्पताल पहुंचा चुके थे। वही हुआ जिसका डर था। पांव में फ्रैरक्चर हुआ

था। जब आसिमा ऑपरेशन के बाद ऑबजर्वेशन रूम में थी और अफरोज वेटिंग हॉल में बैठे पिछला जीवन चलचित्र सा देख रहे थे।

आसिफा हर सुख दुख में उनके साथ ढाल बन कर खड़ी रहीं। अफरोज़ की दवाएं, हर सुबह उनके शुगर लेवल की जांच, हिसाब से इनसुलिन की डोज़, सब कुछ तो वो संभाले थी, और आज...

आंसू आंखों में उमड़ तो आए लेकिन मुहाने पर टिक गए। आसिफा को ये आंसू नज़र आ जाते तो बस कयामत आ जाती। खुद से ज्यादा चाहती थी वो अफरोज़ को।

अस्पताल पहुंचते हुए रास्ते से अफरोज ने एक एक कर के सभी बच्चों को फोन पर मां की हालत की इत्तिला दे दी, पर शायद समय ही साथ न देने का मन बनाए था कि एक भी औलाद मां के सिरहाने खड़े होने न आ सकी।

आसिफा अभी नीम बेहोशी में थी। प्राइवेट वार्ड के सुविधाजनक कमरे में बेड के पास बैठे अफरोज एक उंचे पद से रिटायर हुए थे, उन्हें अगर दरकार थी तो

बस अपनेपन की। अपनी शरीक-ए-हयात को इस हाल को देख कर वो अपनी सभी तकलीफें भूल बैठे थे। जब तबीयत कुछ भारी सी लगी तो होश आया कि उन्होंने अपनी रोज की दवाएं नहीं ली है। पड़ोसी तो कल ही वापस जा चुके थे और फिर कोरोना के दौर में कौन अस्पताल में रूकना चाहता है। अपने साथ छोड़ देते हैं तो गैरों से उम्मीद कैसी।

किसी तरह से इन्सुलिन के इंजेक्शन मंगवा कर अपनी डोज ले ली। आखिर आसिमा की देखभाल भी तो करनी थी तो बाकी डोज वहीं कमरे में लगे फ्रिज में रख दी।

दोपहर के खाने के बाद जब फ्रिज में से पानी निकाला तो वो खास ठंडा ही न था। फ्रिज तो ऑन था। कुछ ठंढक भी मालूम हो ही रही थी। पानी ठंडा न भी मिले पर दवाओं को तो ठंडक चाहिए ही।

अफरोज ने आसिमा के बेडसाइड की बेल बजा दी।

देखिएगा... ये तो ठंडा नहीं हो रहा। अफरोज ने घंटी बजाने के कुछ मिनट बाद आई नर्स से कहा।

मैं देखती हूं...... एक फीकी सी मुस्कुराहट फेंक कर नर्स वहां से चली गई और अफरोज बंद होते दरवाजे को देखते रहे। थोड़ी देर बाद आसिफा को इंजेक्शन देने आई नर्स से फिर अफरोज ने फ्रिज की शिकायत की। दिलासे भरी मुस्कुराहट के साथ वो भी चली गई। न मालूम क्यों अफरोज को लगा कि शायद ये भी पिछली वाली नर्स की तरह कुछ करने वाली नहीं हैं। फिर भी एक पॉजिटिव सोच के साथ उन्होंने आधा घंटा इंतजार किया और फिर बेड साइड के फोन के पास रखे कार्ड पर लिखे फोन नंबरों में से हेल्प डेस्क का नंबर मिला दिया। दवाओं को ठंडक में रखा जाना जरूरी था।

एक नामी गिरामी अस्पताल के प्राइवेट वार्ड में इन छोटी छोटी मगर ज़रूरी सुविधाओं का न होना कहां तक जायज़ था। एक मोटी रकम अस्पताल ने इस कमरे और इलाज के लिए वसूली थी। एक मीठी सी आवाज ने फोन उठाया और प्यार से कहा...

हेल्प डेस्क! मैं आपकी क्या सेवा कर सकती हूं।

कमरा नंबर 205 का फ्रिज काम नहीं कर रहा...

जी! आप थोड़ा इंतजार करें मैं अभी दिखवाती हूं।

फोन की टूं टूं ने बताया कि फोन कट चुका था। अभी फोन का रिसीवर क्रेडल पर वापस रखा ही था कि दरवाजे पर खट खट हुई।

इतनी फास्ट सर्विस... अफरोज मन ही मन हैरान थे।

अंदर आने की इजाज़त देने से पहले ही उनके कमरे में एक स्मार्ट सी मोहतर्मा भीतर आ चुकी थी। जो कहीं से भी फ्रिज की मैकेनिक नहीं लग रही थी। पर क्या पता बड़ा अस्पताल है... कुछ भी हो सकता है। पर इससे पहले कि उनकी सोच कुछ और दूर जाती वो मोहतर्मा एक फार्मल नज़ाकत के साथ बोली...

गुड ईवनिंग मिस्टर अफरोज़... मैं यहां की डाइटिशियन हूं... मैडम के लिए प्रिस्क्राइब्ड डायट में हल्का खाना लिखा गया है। क्या मैं जान सकती हूं कि मैडम वेज हैं या नॉन वेज?

मोहतर्मा की नफासत से मुतासिर हुए अफरोज अपनी सोच के जंगलों से बाहर आए और बोले नॉन वेज!

ग्रेट! हम मैम को उनके टेस्ट के हिसाब से सवेरे बाइल्ड एग के साथ पोहा और बटर टोस्ट दे देगें। अगर मैम की कुछ खास पसंद हो तो आप इस फार्म में दी गई डिसेज में से सिलेक्ट कर दें। ब्रेकफास्ट, लंच और डिनर के डिसेज की एक लिस्ट उन्होने अफरोज की ओर बढ़ा दी। ब्रेकफास्ट, लंच और डिनर के डिसेज डिस्कस करते हुए अफरोज की नज़र दरवाजे पर थी कि फ्रिज को दुरूस्त करने वाला भी आता ही होगा।

एक अदा से आसिफा की ओर जल्द ठीक होने की दुआएं उछाल कर वे कमरे से बाहर हो गई। अफरोज की दवाएं अब भी बाहर ही रखी थी। उन्हें ठंडक में रखना जरूरी था। सोच के घोड़ों ने दौड़ना शुरू किया तो दिमाग ने कहा कि नर्सिंग स्टेशन पर ये दवाएं जरूर ठंडक में रखी जा सकती है। अफरोज अभी उठने को ही थे कि कि दरवाजे पर फिर खट खट हुई। अंदर आने की इजाज़त देने से पहले ही उनके कमरे में एक नर्स भीतर आ चुकी थी।

गुड ईवनिंग मिस्टर अफरोज़... मैं यहां की फलोर इंचार्ज हूं...

जी...

जी... मुझे आशा है कि आपके पेशेन्ट का ठीक से खयाल रखा जा रहा है।

जी... वो

हमारे नर्सिंग स्टाफ से आपको कोई भी दिक्कत हो तो आप मुझसे कह सकते हैं।

जी... मैंने...

कहिए सर!

मैंने इस रूम के फ्रिज की कंप्लेंट की है। बहुत देर हो गई कोई आया नहीं।

ओह! वैसे तो ये मेरा क्षेत्र नहीं है मगर मैं मेंटेनेन्स में इन्फार्म कर देती हूं।

जी शुक्रिया!

पिछली मोहतर्मा की तरह ये भी आसिफा की ओर जल्द ठीक होने की दुआएं दे कर कमरे से बाहर हो गई।

अफरोज फिर से अपने सोफा कम बेड पर धंस गए। इस इंतजार में कि फ्रिज ठीक हो जाए तो उनकी दवाएं सेफ हो जाएगीं। पास ही कमरे में रखे टीवी का रिमोट को उठाया पर टीवी ऑन करने का मन नहीं हुआ। तभी आसिमा ने हल्की की हरकत की।

आसिमा!... अफरोज झपट कर सोफे से उठते हुए बोले। कुछ चाहिए?

मैं... बाथरूम... तक...

अरे इस हालत में कैसे उठोगी... मैं...कहते कहते अफरोज ने बेड साइड बेल दबा दी। कुछ ही पलों में ग्राउण्ड स्टाफ हाजिर था।

येस सर!

शी नीड्स टू यूज़ बाथरूम...!

वन मिनट सर! आई विल सेन्ड ए फीमेल स्टाफ टू हैल्प।

अफरोज वहीं आसिमा के सिरहाने खड़े उसके सर पर हाथ फेरते रहे। आसिमा का ऑपरेशन कामयाब रहा

था। डाक्टर भी बेहद खुश थे। दिक्कत थी तो ये कि अकेले वो कैसे संभालेंगे। वो भी इस हाल में जब उन्हें अपनी डायबिटीज़ भी साथ-साथ संभालनी है। और यहां तो छोटी सी सहुलियत के लिए भी इतना इंतजार करना पड़ रहा है।

कुछ ही देर में आसिफा की मदद के लिए एक स्टाफ कमरे में हाजिर थी। जब तक वो आसिफा की मदद करती, अफरोज नर्सिंग स्टेशन की ओर निकल गए। जहां नर्से काम में व्यस्त दिखाई दी। वैसे भी कोरोना की वजह से हर अस्पताल में भीड़ बढ़ी हुई थी। मरीज ज्यादा और तीमारदार कम। सफेद उड़े बाल, बीमार सा चेहरा, उम्र का ये दौर और कोरोना जब अक्सर लोग घर से बाहर नहीं निकलते, अफरोज हाथों में सेनिटाइज़र लगाते कुछ दूरी बना कर खड़े हो गए। खैर कुछ देर खड़े रहने के बाद एक नर्स ने उनकी ओर मुख़ातिब हुई।

जी सर!

मुझे दवाएं रखने के लिए फ्रिज...

सर पेशेन्ट की दवाएं तो हमारे पास हैं... एक सिस्टर बात बीच में काटते हुए बोली

मुझे मेरी अपनी दवाएं रखने के लिए फ्रिज की जरूरत है... प्लीज उसे चेक करवा दीजिए। कमरा नंबर 205 का फ्रिज काम नही कर रहा।

आपकी पर्सनल दवाएं हैं।... सिस्टर फिर बोली

जी...

सर! मैं बोल देती हूं। वो आज कल स्टाफ का प्रोब्लम है... मैं अभी किसी को भेजती हूं।

प्लीज! भेज दीजिए... मैं पिछले दो घंटों से फोन और रिक्वेस्ट कर रहा हूं।

जी सर!

थके कदमों से अफरोज वापस कमरे में लौट आए। आसिमा फ्रेश हो चुकी थी और टीवी पर अपना मन बहलाने की कोशिश में थी। जिन सहुलियतों के नाम पर मोटे बिल फाड़े जाते हैं वो नदारद थीं। तभी खट खट की आवाज ने फिर अफरोज को सोच से बाहर ला खड़ा किया। ग्राउण्ड सपोर्ट से एक अटैन्डेन्ट खड़ी थी। सर क्या मैं आपके लिए गर्म पानी ला कर दे दूं।

अफरोज ने एक नज़र उसकी ओर देखा और सर हां में हिला दिया।

अटैन्डेन्ट अंदर आ कर पानी का थर्मस, ग्लास आदि उठाने लगी।

दवाएं फ्रिज में रखने का इंतजाम हुआ? आसिमा ने पूछा...

कहां! सुबह से परेशान हो रहा हूं... बेकार का नाम है इस अस्पताल का। यहां कभी गलती से भी ना आए। कितनी कंप्लेन्ट कर चुका हूं। कोई मदद नहीं करता।

अरे अपने मदद को नहीं आते तो किसी और से क्या उम्मीद। आसिफा कमज़ोर सी आवाज में बोली।

मैं तो यही सोच रहा हूं अब अगर दवाएं ठीक से ठंडे में नहीं रखी गई तो... कैसे मैनेज करूंगा? अफरोज़ की आवाज़ में परेशानी लबालब थी।

अटैन्डेन्ट सामान उठा कर बाहर जा चुकी थी। अफरोज ने कैन्टीन से कुछ खाने के लिए आर्डर करने के लिए मेन्यु कार्ड उठाया और आर्डर करने लगे।

उन्हें खाना खा कर इनसुलिन का अगला डोज भी लेना था। आखिर वो खुद ठीक नहीं रहेगे तो आसिमा की देखभाल कौन करेगा। उनको अपने खाने और दवा का खुद ही ध्यान रखना होगा।

फोन रखा ही था कि अटैन्डेन्ट गर्म पानी और फ्रेश ग्लास ले कर आ गई। उसके हाथ में एक थर्मोकोल का आइस बाक्स था।

सर! आप इसमें बर्फ़ है, आप अपनी दवाएं इसमें रख लीजिए।

पर! अफ़रोज़ हैरान थे,

मैं समझ सकती हूं कि आपको बहुत परेशानी हो रही है। मगर क्या करें, कोरोना की वजह से हमारे अस्पताल पर बहुत लोड है। बहुत सा स्टाफ खुद बीमार है।

अफरोज कुछ कह नही पा रहे थे और आसिमा भी टीवी को म्यूट कर अटैन्डेन्ट की बात सुनने लगी।

मैंने आपकी बात सुन ली थी। आपको किसी भी चीज की जरूरत हो तो आप जी डी ए पूजा को बुला लीजिए।

अफरोज अचकचा से गए। अरे बेटा वो तो...

मैं समझ सकती हूं सर! मुश्किल समय है हम सब के लिए।

तुम बहुत अच्छी हो बेटी। आसिफा अनायास ही बोल पड़ी।

मुझे खुशी है कि आपने मुझे बेटी कहा। बात करते करते पूजा अफरोज का सोफा कम बैड सोने के लिए तैयार कर चुकी थी।

मेरी दुआएं तुम्हारे साथ है बेटा... अफरोज भी संजीदा हो गए थे। आज के समय में तो अपने भी साथ नहीं दे पा रहे और तुमने तो सच में एक बेटी की तरह बिना कहे हमारी तकलीफ समझ ली।

सेवा ही हमारा धर्म है और आपने बेटा कह कर मेरा दर्जा और उंचा कर दिया। पूजा आसिमा का कंबल ठीक करते हुए बोली।

कुछ ही देर में पूजा ने अपना काम पूरा कर लिया और कमरे से बाहर चली गई। अफरोज और आसिमा खुदा

की इस बेटी को जी भर कर दुआओं से नवाज़ रहे थे। एक साधारण जी डी ए से बेटी का दर्जा उसने खुद ही तो बनाया था।

कहानी 12

आएगी जरूर सुबह
बस खुद पर भरोसा कर

सांझ

इलेक्ट्रिक केटल में उबलते पानी की बुलबुलों की आवाज़े बाथरूम में नहा चुके केशव सहगल को सुनाई दे रही थी। कोई केटल के स्विच को बंद क्यों नहीं कर रहा था। तौलिए से बदन पोंछते हुए केशव यही सोच रहे थे... कमरे में कोई नहीं है क्या... अभी तो वो वहीं थी... कहीं चली गई क्या... किचन में कुछ काम करने या फिर न्यूज पेपर उठाने... पर जाती तो नहीं... तैमूर भी उठ चुका था। न्यूज पेपर तो वही ले कर आता है बाहर से... दूध तो वो सुबह ही ले आया था। सोचते सोचते केशव के हाथों में तेजी भी आ रही थी और दिमाग़ में अनेक अच्छे बुरे विचार भी हंगामा किए हुए थे।

केशव हडबडाते से बाथरूम से बाहर निकले तो देखा खिड़की के साथ लगी मेज का सहारा लिए दो आंखें बाहर देख रही थी और मेज पर पानी खौल-खौल कर भाप बना जा रहा था। उन्होंने पहले केटल का स्विच

ऑफ किया और बालों को तौलिए से सुखाते हुए थोडी उंची आवाज में कहा... कहां हो तुम... सारा पानी उबल कर भाप बन गया...

ओह! सारी...

वाकई केटल से निकली भाप की वजह से कॉफी कांउट्टर की दीवार पर लगा लुकिंग ग्लास भी धुंधला गया था। वो वहीं कुर्सी पर बैठ गई। धुंधले शीशे में उसे अपना खुद का अक्स भी नजर नहीं आ रहा था।

सबकुछ एक कुहासे के पीछे छिप गया था जिसकी आवाजें उसे अभी भी सुनाई दे रही थी। साफ साफ...

मां हम पिक्चर जा रहे हैं... तैयार हो कर कमरे से बाहर निकलते राघव ने घड़ी का स्ट्रैप बांधते हुए कहा

कौन सी...?

मल्टीप्लैक्स में जो मिल जाए... राघव मोबाइल और गाडी की चाभी उठाते हुए बोला...

पिक्चर! हां काफी दिनो से नहीं देखी।

तभी तो... ले तो हम तुम्हें भी जाते... पर आज कल की पिक्चरें सबके साथ कहां देखी जाती हैं। राघव ने मां को समझाते हुए कहा... अब तो सब टीवी पर आ ही जाती हैं। दिन में देख लेना... घर में कोई रहता तो है नहीं... राघव की नज़रे कमरे की ओर थीं जहां से अभी तक राधिका निकली नहीं थी। अब कितनी देर लगेगी राधिका... राघव मां की नजरों के सामने अब ज्यादा देर नहीं रहना चाह रहा था।

सब कुछ कह दिया राघव ने... बस एक ही लाइन में...

तुम चलो तो तुम्हें फीजिओथिरेपिस्ट के पास छोड़ता जाउंगा... दो घंटे वहां लगेंगे... फिर ऑटो से वापस आ जाना... दर्द में आराम आ जाएगा...

कौन से दर्द में आराम आ जाएगा... हाथ के दर्द में या तेरे रूखे व्यवहार के दर्द में...मन ने कहा। नहीं तुम चले जाओ... मुझे कपड़े बदलने में समय लग जाएगा... जाओ तुम्हारे शो को देर हो जाएगी। वो बोलीं... कर लूंगी ऑटो... यहीं सामने से... जाओ...

गुस्से में नहीं आई तुम्हारी मम्मा हमारे साथ... मेन डोर बंद करते हुए राधिका की आवाज उसके कानों में पड़ी...

चलो न तुम... राघव ने राधिका को चुप कराया... शायद अब घर से बाहर निकलते हुए भी वो डिस्कशन में मां का मुददा नहीं रखना चाह रहा था।

राघव के पिताजी के जाने के बाद तो उसने अपने आप को सबसे अलग कर सिर्फ राघव के लिए जीना शुरू कर दिया था। सुरेश की जगह नौकरी लगी और फिर दिन भर बस राघव... राघव...सुरेश की निशानी... अपने आप को भुला दिया था। रंगों की शीशियाँ, कैनवास, ऐजल सब कहीं खो गए। राघव में ही सारे रंग सिमट आए थे। अकेलेपन का अहसास तक पास से गुजरने नहीं दिया। पर ये पिछले दो साल... वो वाकई अकेली हो गई।

कई महीनों से हाथ में दर्द था... डाक्टर ने फिजियोथिरेपी बताई है। इस उम्र में हो जाता है। जहां फिजियोथिरेपी करवाती हूं वहां मेरे जैसे कई हैं। किसी के जोड़ों में दर्द है तो किसी के कमर में... सबकी कहानी लगभग एक सी ही है। कुछ हैं किस्मतवाले भी, जिनके बेटे बेटी अपने साथ लाते हैं... ले जाते हैं। पर ऐसे हैं कितने...?

मैं भी न... अपने आप से बातें करने लग जाती हूं... और कोई है भी तो नहीं बात करने के लिए...सुरेश! तुम्हारे बिना बयालीस बंसत बिता लिए... अब तो अपने पास बुला लो... कितनी सज़ा दोगे... धीरे-धीरे उठ कर अपने कमरे में गई। दीवार पर टीवी की काली स्क्रीन में अपना ही अपना अक्स दिखाई दे रहा था... अचानक याद आ गई राघव की बात...कह रहा था पिक्चर टीवी पर देख लेना... मैं टीवी कहां देखती हूं... जानता तो है ये... फिर भी...

फिजियोथिरपी में रेग्युलर आने वाले लोगों से एक सह्दयता सी हो गई है। एक दूसरे के दुख सुख अक्सर बांटते रहते हैं... आज क्लिनिक में सुधा अपने बेटी और बहू के साथ आई थी। उनकी शादी को पचास साल पूरे हो गए। सबके लिए घर का बना नाश्ता ले कर... एक डिब्बे में घर का बना उपमा, दही बड़ा, कचौड़ी और केक... घी और चीनी का खास ध्यान रखा था उन्होंने। हम सब मानो स्कूल के बच्चे हो गए।

आप तो केक खाएगी नहीं... हैं... तो मुझे दे दीजिए। केशव बोले, केशव! वकील हैं पर अब वकालत करते नहीं खास। पत्नी का देहांत हो चुका है। दो बेटे एक बेटी

है। सब अपने अपने घर के। पैसे की कोई कमी नहीं। गुजर बसर को काफी है। घर में दो नौकर हैं। अपने जोड़ों के दर्द की एक्सरसाइज के लिए आते हैं। सुख अगर इसी को कहते हैं तो कहा जा सकता है कि सुखी हैं। मैं भी ना... पल भर में कहीं से कहीं पहुंच जाती हूं।

हां हां ले लीजिए ना... उपमा भी ले लीजिए... मेरी बहू अच्छा बनाती है। साउथ से है ना

हां! अब नौकर के हाथ का बना खाना खा खा कर उब गया हूं... ये तो काफी अच्छा बनवाया है इन्होंने...

नौकरों पर नज़र रखनी पडती है वर्ना ये तो बस बला टालना जानते है।

सच कहती हैं।... उन्होंने इतनी देर में ही उपमा और केक चट कर लिया था।

मुझे हंसी आ गई उनके उतावलेपन पर... सच में इंसान के भीतर छिपा बच्चा कभी बड़ा होता है क्या?

घर लौटी तो राघव की बात की ठीस कुछ कम हो गई थी। दिन में सबसे मिल कर मन काफी बहल सा गया

था। हम हर माहौल में एडजस्ट करने की कोशिश करते ही है। और कहीं जब सहारे पर भरोसा डगमगाता हो तो एडजस्मेंट का लेवल और बढ़ जाता है।

राघव ने अपनी पसंद से राधिका से शादी की थी। दो साल हो गए। मुझे लगा था ईश्वर ने अब बेटी दी है। पर शायद मैं कहीं गलत हो गई। दूरियां डोली के साथ ही घर में प्रवेश कर गई थी। न वो बहू बन सकी और न मैं सास। आज तक मैं उसके लिए 'राघव की मम्मा' ही बनी रही, और मेरे लिए वो 'राघव की पत्नी'।

अगले दिन रोज की ही तरह मेरे लिए नाश्ता ढक कर रसोई में रख कर राघव और राधिका ऑफिस के लिए निकल गए। उनकी दुनिया अलग ही थी। दोपहर बाद मैं खुद ही फिजियोथिरेपी के लिए चली जाती थी। सच कहूं तो मन करता था कि मेरे हाथ का दर्द और वहां पर आने वालों के जोड़ों के दर्द कभी ठीक न हो... सबसे मिलना तो बना रहेगा। जो ठीक हो जाता था उसका आना बंद जो हो जाता था। कितनी बुरी सोच हो गई थी मेरी... पर क्या करती... अच्छी और बुरी सोच सिचुएशन के हिसाब से ही बनती है। इंसान बुरा नहीं होता... समय उसे अच्छा या बुरा बनाता है।

शाम को अक्सर मैं समय से खाना खा कर सो जाती हूं। इंतजार करूं भी तो किसका... अब तो राघव भी... वो साउथ की भाषा सीख गया है। मद्रासी में न जाने क्या एण्डा पोण्डा करते है मुझे समझ ही नहीं आता।

रात जब दोनों मेरे कमरे में आए तो मुझे कुछ हैरानी सी हुई। हमेशा की तरह चुप दरवाजे सी टिकी खड़ी थी राधिका और राघव मेरे पास आ कर बिस्तर पर बैठ गया।

कुछ काम था...? मैंने राघव से पूछा

मेरा ट्रान्स्फ़र तमिलनाडू हो गया है। कांचीपुरम... शिफट होना पड़ेगा।

तेरी बीवी...? उसका भी... मैने राधिका की ओर देखते हुए कहा, जो दूर से ही हम दोनों को आब्जर्व कर रही थी।

उसने भी ट्रान्स्फ़र मांगा है। नहीं मिला तो वहीं कोई जॉब कर लेगी। अब अकेली तो यहां भी रह कर क्या करेगी। राघव सधे सधे शब्दों में बोल रहा था।

हम्म...

तो फिर अब हम...

हां... बोलो...

हम दोनों वहीं शिफट हो जाते हैं। राघव की मां के प्रति ममता शायद मर गई थी। कहते हुए झिझक तो कही महसूस ही नहीं हुई।

मतलब...

अब काम जहां वहां तो जाना ही पड़ेगा ना... तुम रहो यहां... पेंशन है... मैं पैसे भेजता रहूँगा। एक नौकरानी रख लो... क्या दिक्कत है।

हां... दिक्कत तो कोई नहीं... जिनके बच्चे नहीं होते वो भी तो जीते ही हैं ना... आत्महत्या तो कर नहीं लेते...

अब इसमें अत्महत्या वाली बात कहां से आ गई। राघव को बात चुभ गई।

तुझे तो जाना है ही... तुझे क्या... तेरी मां जीए या मरे... अब काम जहां वहां तो जाना ही पड़ेगा ना... मैंने उसी की बात उसी को वापस कर दी।

तुमसे तो बात करनी मुश्किल है। रहो यहां...मकान तुम्हारा है जो जी में आए करो... हमें तो तुमने कभी कुछ समझा ही नहीं...

कुछ समझा ही नहीं... तुम्हारे पीछे जिन्दगी गला दी... एक एक पैसा जोड़ कर पढ़ाया लिखाया, काबिल बनाया। अपने सुख की, इच्छाओं की कभी परवाह नहीं की... तू कहता है कुछ समझा ही नहीं... जा... बस अब चला जा... और कभी मुड़ कर इस तरफ मत देखना। सच है मां की जरूरत तो कोख से बाहर आते ही खत्म हो जाती है। मेरी आवाज दरक गई।

उस दिन फिजिओथिरेपी के लिए जाने की इच्छा ही न हुई। क्या करना है अब... किसके लिए जीना... क्यों जाना... जी लेंगे इस दर्द के साथ। कम से कम ये तो साथ नहीं छोड़ेगा।

अगली शाम होते होते राघव और राधिका चले गए। घर खाली हो गया। दो बेडरूम का मकान अब बिना किसी हलचल के खामोश सा सिर्फ मेरी सांसों की आवाजें सुन सकता था। वो भी तब तक... जब तक वो चलतीं। मुझे याद आ रहा था कि मैं उसे अक्सर

घर फैलाने पर डांटा करती थीं। अब घर का साफ रहना भी बुरा लग रहा था। न जाने कितना और कब तक रोती रही। रात खाना भी न खाया गया। सुबह भी वीरान सी थी। खाली खाली... चुप... सी। सब खत्म हो गया था। खत्म!

फोन की घंटी गाहे बगाहे बज जाती थी पर उसे उठा कर बात तक करने का मन न था। क्यों उठाऊँ फोन और किससे क्या बात करूं। दिल तुरंत ही रो देगा और सामने वाला शायद मन ही मन हंसेगा। यही तो होता है। दूसरे के घर की आंच पर सब अपनी रोटियां सेक कर मजे लेते हैं।

मैं सोई की जागी... मालूम नहीं, लेटी की बैठी थी... पता नहीं... सुबह शाम रात ने कितने फेरे ले लिए समझ नहीं आया... पर ये पता था कि राघव चला गया और ये भ्रम नहीं था। सच था। मेरे घर का चूल्हा उस दिन के बाद न जाने कितने दिनों तक नहीं जला। सुरेश के जाने के बाद एक बार फिर से रीत गई थी मैं। अचानक घर के दरवाजे की घंटी ने चीखना शुरू कर दिया।

मैंने बिस्तर पर से खुद को उठाया... पांव नीचे रखे तो लगा जैसे पांवों में जान ही नहीं है। लड़खड़ा कर गिर गई। माथा बिस्तर के कोने से जा लगा। घंटी थी कि चुप होने का नाम ही नहीं ले रही थी और फिर धीरे धीरे सब शांत हो गया।

होश आया तो खुद को अस्पताल के बेड पर पाया। बस यही सोचती रही कि मैं यहां कैसे पहुंची...? मेरा तो कोई है भी नहीं... डिस्चार्ज हो कर घर पहुंची तो मेरे साथ मेरा नया परिवार था। सुधा, भारती, पेडनेकर जी, डा0 अनिकेत और केशव जी। घर पर एक नौकरानी का बंदोबस्त कर दिया गया। खाने-पीने, दूध-सब्जी, हर चीज की व्यवस्था। जिन्दगी ने एक ढर्रा अपना लिया। पर अब मेरे इस नए परिवार का आना जाना बढ़ गया।

दीवाली से एक दिन पहले की शाम थी हम सब केशव जी के घर पर बैठे थे। कुछ दीए आपके दरवाजे पर भी सजा दूं। अभी बाजार से अपने घर के लिए ले कर आई हूं। काफी ज्यादा हैं मेरे पास...मैंने केशव जी से पूछा।

एक दिन का उजाला करने से अच्छा तो ये होगा कि आप दोनों हमेंशा के लिए एक दूसरे के जीवन

में उजाला भर दें। डाक्टर अनिकेत ने दोनों की ओर देखते हुए कहा।

उस दीवाली हर ओर सैकड़ों दीए जले और किसी की जिन्दगी की अमावस हमेशा के लिए दूर हो गई।

तुम फिर कुछ सोचने लगी। केशव की आवाज ने संध्या को यर्थाथ के धरातल पर ला खड़ा किया।

हूं... हां शायद... फिर पहुंच गई थी कहीं पीछे... कहीं दूर...

अब जल्दी करो... फ्रेश हो जाओ आज तुम्हारी पेंटिंग्स की एक्जिबिशन है। सुधा, भारती, पेडनेकर जी, डा0 अनिकेत, सबके सब हम से पहले पहुँच जाएँगे। टाइम कम है काम ज्यादा। उठ जाओ अब... मैं तैमूर से कह कर नाश्ता लगवाता हूं।

पानी फिर गर्म हो चुका था। गर्म पानी गिलास में डालते हुए संध्या ने शीशे में देखा तो अब उस पर जमी पानी की बूंदे धीरे-धीरे बह कर लकीरें बना रही थी। इस धुंधले अक्स के पीछे कितना साफ दिखाई दे रहा था।

www.ingramcontent.com/pod-product-compliance
Lightning Source LLC
Chambersburg PA
CBHW021001180726
47993CB00017B/503